# ぬばたま

北夙川不可止

édition F

心より愛した黒猫、ぬばたまに献ぐ。

もくじ

二千十年

## 少年の聲《こゑ》

この世よりあの世に近きこの街の辻々に立つ少年の聲

如月《きさらぎ》の暖かき雨猫《ねこ》の待つ吾《わ》が家に向けて傘差してゆく

三月の午後の日溜り長々と伸びせし仔猫また丸まりぬ

力餅食堂の午後力なく力饂飩《うどん》を啜る少年

春の燈《ひ》の搖らぐ川面《かはも》の塵芥《ちりあくた》

そよ風のやうに嘘つく啄木忌

※啄木忌＝四月十三日に石川啄木が亡くなつたことから、春の季語。

ちはる

吾が猫の歸らずなりて昨日けふ玄關開けしままに待ちつつ

裏庭に鈴の音《ね》すればこの二日歸らぬ猫の名を呼びて待つ

やうやくに戻りし猫の薄汚れややに痩せつつ擦り寄りてくる

※當家の猫たちは完全室内飼ひなのだが、この時は鍵をかけ忘れて外に出てしまつたのだ。

**棚田の里**

石段を登れば小《ち》さき祠《ほこら》にて底まで凍る石の蹲《つくばひ》

廢校となりてふた月學び舍のピアノを彈けばはや狂ひをり

顧みる者なきままに立ち盡《つ》くす火見櫓《ひのみやぐら》は青空を突く

※「西宮船坂ビエンナーレ」といふ現代アートの祭典にイベント部門ディレクターとして闘わつてゐたので、この棚田の里は西宮市山口町大字船坂といふ舊村のことである。この三首は正月から秋のビエンナーレ本番までの船坂で詠んだもの。

## 濹東《ぼくとう》吟行

斷髪《だんぱつ》のモガの羽子板飾られし梅雨の明けたる濹堤をゆく

※濹東は東京・隅田川の左岸つまり濹田區界隈、濹堤は隅田川の堤防のこと。

## 仔猫誕生

鼠なりといへばミィミィ聲擧《こゑあ》げて小《ち》さき身體《からだ》に貓と主張す

灰色の毛玉にピンと鉛筆の短きに似た尻尾ありけり

灰色の小さき毛玉のもそもそと動けば母貓背《せな》を舐めやる

仔貓呼ぶ貓撫で聲の吾が前に祖母となりたるちはるすり寄る

死産なる小さき骸《むくろ》を撫でやりて寫眞《しやしん》一枚撮りてやりたり

目の開かぬ毛玉二つも七日經て徐々に模様で見分けつきつつ

吾が猫のちはるの娘ハナの生む二つの毛玉みぃと鳴きたり

氣がつけば眼《まなこ》開きて母猫の周り這ひつつみぃみぃと鳴く

鼠からやうやくねこに進化せし吾が家の仔猫乳を貪る

※この時生まれた仔猫たちはいづれも白黒模様の男の子で、一匹はアリストパネスと名附けられ東京は杉竝區の、もう一匹は白足袋と名附けられ尼崎市の、それぞれ友人宅に里子にいつた。

# 猫の目

地芝居《ぢしばゐ》の少年女形《おやま》メイド服

まだ暑き九月下旬の猫の鳴く逢魔が刻の庭の水音

胸に乗る猫抱き締めてテレビ見るやうやくの秋九月つごもり

猫の目のまんまるにして秋の午後墓の上より吾を見つむる

炬燵なる小《ち》さき至福にまどろめる猫の名呼べば尻尾動かす

※地芝居＝農村歌舞伎のこと。秋の收穫祭で演じられることが多いことから、秋の季語。

## 鎌倉吟行

鎌倉の袋小路の洋館の庭に積まれし石の苔むす

北條の紋所つく朽ちし門覗けば奥より經《きやう》を讀む聲

※お屋敷の竝ぶ袋小路を散策してゐたら、天台宗寶戒寺の使はれてゐない裏門に行き當たつた

## 魔性なる君

人型《ひとがた》の人ならぬもの人よりも美しきもの吾は知りたり
とり憑くもとり憑かるるも苦しめる魔性の君の見目麗しき
人形《ひとがた》の人ならぬ君美しく病み苦しみて吾にとり憑く
美しく生まれし罪に耐え兼ねて君は自ら破滅せむとす

# 鞦韆《ふらここ》

はち切れむばかりに月ののさばりて冬至の六時まだ夜は明けず

木枯しに鞦韆搖るる公園のベンチに君は口笛を吹く

災ひの多き年なり晦日《つごもり》の露天の風呂に風花の舞ふ

※鞦韆＝ブランコ

# 二千十一年

## 飛鳥山吟行

春遠き飛鳥山には子爵《ししやく》家の屋敷殘りて凧上がりをり

久々の冬らしき冬　鳥啼く六義園《りくぎゑん》にて煎茶啜りぬ

※澁澤榮一邸曖依村荘《あいいそんそう》蹟には、今も晩香廬《ばんかうろ》と青淵《せいえん》文庫（いづれも重要文化財）が殘る。

## 銀の道

銀時計磨けば鈍く光りつつ吾が掌中に音立てはじむ

山深く人ゐぬ川にひつそりと銀積む馬車の渡りたる橋

坑道の奥よりかそけき水の音錆《さ》びたる線路闇にまぎれつ

※兵庫縣舊朝來《あさご》郡生野町（現朝來市生野町）は奈良時代に遡るといはれる銀山で、中心部は國の重要文化的景觀に指定されてゐる美しい街である。小生はそこで開催される「生野ルート・ダルジャン藝術祭」「鑛山と道の藝術祭」では何度も綜合ディレクターを務めたので、舊但馬《たぢま》國、生野周邊を詠んだ作品も多い。銀時計は勿論懷中時計である。

## 啓蟄《けいちつ》

吾が知力確かめむとて掌に「啓蟄」の二字試し書きする

## 東日本大震災

少年はメールに地震報せきぬ讀みゐる書齋も搖れ始めけり

千葉よりの地震報せるメール讀む西宮にも搖れの傳はる

春めきし風吹く宵に少年のメールはまたも地震《なゐ》報せきぬ

**生野銀山**

廢鑛《はいくわう》の前のバス停「鑛山前」といふ名のままにバス走りをり

人氣《ひとけ》なき銀谷《かなや》の街の市川のせせらぎの音遠近《をちこち》に聞く

古き雛古き人形飾られて銀谷の街に春の氣配す

## 西宮神社前権宮司《さきのごんぐうじ》吉井貞俊氏の思ひ出

將軍の無聊《ぶれう》慰む庭求め朽木《くつき》の里に來れば降る雪

春淺き朽木の里に將軍の庭訪《たず》ぬれば吹雪に遭ひぬ

比良よりの澄み渡るみづ藻を搖らし藤樹書院の鯉を養ふ

一乘寺下り松には碑の立ちてケーキ商ふ和菓子屋のあり

※吉井さんは神道の神職、小生は基督者《キリスト》であり、年齢も親子ほど違ふにもかかはらず、こちらが學生であつた頃に知り合つて以來、亡くなられる

まで三十年ほどの長きに亙り、非常に親しくして頂いた。この四首は長く會長を務められた西宮文化協會の近江、京都を巡る日帰り小旅行の時に詠んだもの。西宮神社は戎神＝蛭子命《ひるこのみこと》＝夷三郎《えびすさぶらう》の總本宮として有名である。

※藤樹書院とは、江戸初期の陽明学者中江藤樹が滋賀縣高島市に開いた私塾である。

## 午後の倦怠

髪切るを憂鬱といふ少年はそれでも寫《しや》メを送りくれたり

炎噴くコンビナートの煙突も霞みて春の午後の倦怠

深川吟行

「喫煙ハ爲サザルコト」と書かれたる廢墟に鼠取りの錆びをり

地元中學出身とだけ聯呼《れんこ》して自民候補者たちまちに過ぐ

霾《つちふ》る

入浴後冷水浴びる季となりぬ五月二日の霾りし午後

初鰹閉店間際五割引

霾るや大聖堂の塔霞む

霾りて大聖堂の塔霞む五月の午後をレクイエム聴く

神戸女學院の藤棚にて同志社を思ふ

母校なるチャペルのパイプオルガンを弾きし日思ふ藤棚の下

※霾る＝春の季語。中國大陸から飛來する黃沙の降る樣。

※短歌では一首全部漢字だけといふものは殆どないが、俳句では一句全部が漢字だけでなりたつものもそれほど珍しくはない。季語は「初鰹」。

※歌人ではあるが、かれこれ二十年近く毎日新聞大阪本社俳句部「糸瓜《へちま》句會」

に入れて貫つてゐる。長くやつてゐても歳時記が手放せない素人のままだが、それでも短歌だけをやつてゐたのでは氣づかない表現に多く出會ふなど、俳句をやることは短歌を詠むにも得るところが多い。

### ホテルニューカマクラ

バス停の名は「岐《わか》れ道」小雨降る橋を渡れば道の狹まる

ひつそりと驛裏《えきうら》にある洋館に泊りて君と雨音を聽く

※千九百二十三年に文士芥川龍之介と歌人岡本かの子が出會つたと傳はる洋館ホテル。つまり建てられたのはそれ以前といふことになる。

## 血の色

メイドかと思へば巫女《みこ》のカフェなりて日本橋《にっぽんばし》の空に満月
血の色のオレンヂジュース飲み干して十七夜月《たちまちづき》の膨らむを見る

※大阪の日本橋は東京の秋葉原と竝ぶ電氣屋街であり、オタクの街である。

## 長電話

髪切りて寫メを送れば少年は「可愛くなつたね」と返事寄越せり
はやばやと梅雨思はする雨つづく夜の長電話甘えたの君

※小生は當時まだガラケーだつたので、この長電話はフェイスブックメッセンジャーやＬＩＮＥの通話機能ではなく、通話料金のかかる電話であつた。

## シヒノトモシビダケ

暮れ切るを濱邊《はまべ》に待ちてみ熊野の小山に光る茸《きのこ》を見たり

暗闇に慣るるにつれて眞暗《まくら》なる森の奥より光るものあり

み熊野の小島の社《やしろ》眞暗にて燈火茸《ともしびだけ》のぼうと光りぬ

潮騒の鳴りやまぬ夜の眞暗なる小島の森に茸光れり

眞暗なる森にかそけく蒼白く椎燈火茸《しひのともしびだけ》の光りて

※和歌山縣東牟婁《ひがしむろ》郡那智勝浦町は宇久井半島目覺山で開かれた觀察會に、
車を運轉して日歸りで行くといふ無茶をした（その日の走行距離は五百
粁《キロ》を超えた）が、その甲斐のある實《じつ》に神祕的な體驗であつた。

## 月蝕の夜

梅雨の夜は雲霽《は》れぬまま明けゆくか月蝕見むと海邊にゆけど

二日間共に過ごせし少年は涙ぐみつつバスに乗り込む

抱きつきて吾の名を呼ぶ少年の頭撫でやりバスを見送る

# 夏至

少年はまだ明るしと携帯に寫メ送りきぬ　明日は夏至なり

路地裏のホテルのネオンどぎつくて夏至前の夜《よ》の生臭き風

ビル街の池にかはずのこゑ聞きて夏至前の夜をしばし佇《たたず》む

夏至の夜を時折小雨降りてやみ友と祇園に水無月を買ふ

※水無月＝京都を中心に、近畿地方で六月に食べられる外郎《ういらう》。二等邊三角形で上に小豆が載る。

## 懐中時計

誕生日にやりたる懐中時計をば早速提げて登校しをり

童顔の十七歳の君の趣味澀《しぶ》き喫茶店《さてん》に紅茶飲むこと

アメリカの獨立《どくりつ》の日が誕生日ハーフの君はパスタ好みて

満月の夜を少年と長電話遠く離れて共に見上げる

## 太閤園

男爵の庭の池には巨大なる鯉群れなして夏の陽の差す

晴れ渡る七月の午後水源の鹿脅《ししおど》し鳴る男爵の庭

落雷にダイヤ亂《みだ》るる地下驛《えき》に力なく飛ぶ一匹の蟬

※太閤園＝舊藤田傳三郎男爵本邸（大阪市都島區）。

## 流星雨

圓《まろ》き月吾と見上げて少年は早速スマホに月齢を見る

人氣《ひとけ》なき眞夜《まよ》の湖畔に少年とペルセウスよりの星降るを見る

ぬばたま

眞黑《まくろ》なる小《ち》さき仔貓と見合ひせり嵐近づく雨強き晝《ひる》

嵐呼ぶ魔性の貓か撫でやれば眞黑な毛並み艶々《つやつや》として

鳴きもせず嫌がりもせず新しき主人とならむ吾が指を舐む

ぴつたりの名を附けやらむ眞黑なる小さき仔猫の深き目の色

射干玉《ぬばたま》の黑き仔猫を「ぬばたま」と名づけて飼ひぬ七月のすゑ

丑の日の夜《よる》をまむしに山椒かけ友と喰ひたり猫を撫でつつ

ぬばたまの夜《よ》の闇の底　黑き猫　吾が枕邊《まくらべ》に寝息立てをり

吾を待つ黑き仔猫よ八月の蒸暑き夜《よ》を家路急げり

ぬばたまの黑き仔猫を抱き寄せて夏の終りの午後をまどろむ

※ちはるが何度目かの脫走の果て、半年經つても到頭《たうとう》歸らなかつた。非常に寂しく悲しかつたが、特に娘のハナが一匹になつてしまひ可哀想といふこともあり、里子を貰ふことにしたのだ。里親募集サイトを通して當家に來たぬばたまとは、運命的な出會ひだつたと思ふ。その時の保護主さんとも、今も親交が續いてゐる。なほ「ぬばたま」とは黑、闇、夜等にかかる枕詞である。

## 中之條《なかのでう》にて

赤岩地區《ちく》
まだ暑き九月八日の六合村《くにむら》の赤岩の里　目の靑き貓

伊參《いさま》スタヂオ
法師蟬《ほふしぜみ》蜩《ひぐらし》の鳴く廢校の庭に九月の日の傾きぬ

廢校の庭人氣《ひとけ》なく夕されればたちまちしるき蟲《むし》の鳴くこゑ

中田木材

木工所二階の窓を額縁に青空を刺し男岩勃《た》つ

道の驛《えき》靈山たけやま

天を突き男岩起《た》つその下の茅葺《かやぶき》の家に蕎麥《そば》啜りをり

舊五反田學校

野佛《のぼとけ》の古拙なる顔苔むして秋さりし午後法師蟬鳴く

※群馬縣吾妻郡中之條町で開催される世界的な現代アートの祭典「中之條ビエンナーレ」を觀覽した時のもの。

## 黒き仔猫

抱き上げし途端にごろごろ喉鳴らす黒き仔猫は麝香《じやかう》のにほひ

絡まないイヤホンのない世の中の仔猫の瞳いたづらの色

※ぬばたまは不思議なことに獣臭くない、よい香りのする猫であつた。

## 長き睫毛

少年と露天の風呂に身を沈め十四夜《じふしや》の月探すたまゆら

猫抱《いだ》き「解り合へた」と喜べる十七の君の紅き唇

すぐ拗ねる君愛ほしく公園のベンチにそつと頭撫でやる

少年の長き睫毛よ逢引の終はり近しと涙ぐみつつ

愛すれど愛すれどなほ少年は愛が足らぬと吾に抱きつく

## 空堀《からほり》吟行

吟行に出でたる途端雨宿り空堀の空灰色の空

空堀のみ寺の庭にぬばたまの眞黑き貓ののつそりとゐる

## 根岸競馬場蹟吟行

灰色の朽ちたる塔に蔦絡み根岸の海は霞みて見えず

薄暗き佛間の奥に納められ市松人形宙見つめをり

洋館の一階の床は疊にて歪《ゆが》む窓より降る雨の見ゆ

※歌會會場は横濱市指定有形文化財舊柳下邸であつた。

# 觀音山

木枯らしの觀音山の公園は人氣《ひとけ》なくただ茅渟《ちぬ》の海見ゆ

※觀音山＝神戸市長田區の市街地にある小山。
※茅渟の海＝茅渟の浦などとも。大阪灣の古稱。近代以降は雅稱として用ゐられ、泉州〜阪神間にかけて多くの校歌にも謳はれてゐる。我が母校市立西宮高校（舊制市立西宮高等女學校）の校歌も、二番の冒頭が「茅渟の浦曲《うらわ》の波遠くかすみ棚曳く紀路《きぢ》の嶺」であつた。

## 純銀の鈴

純銀の鈴鳴らしつつ炬燵より顔出す猫の黑き鼻先

## 堺吟行

時雨降る眞夜の濱寺炎噴く煙突の火のをちこちに見ゆ

やはらかに冬の陽の射す妙國寺ガイドの翁《おきな》朗らかにして

大寺の鼓樓の軒の垂れ下がり覗けば石の地藏捨てあり

宿院の電停近き街中《まちなか》の畫廊《ぐわらう》の庭の姫林檎の實《み》

肉桂の餅の香りの漂へる古き店先硝子歪みて

合祀《がふし》され長屋に住まふ神々に師走の夕日やはらかく射す

阪堺電氣軌道

吊り掛けのモーターの音　電停に昭和四年の古武士近附く

## 降誕節

聖誕を母教會《ぼけうくわい》にて過ごさむと急ぐ夜道に登る貓坂

聖誕の夜の木曾川に雪降りて輪中の里の白く霞めり

※母教會とは所屬する教會のこと。佛教でいふ檀那寺、菩提寺に近い。當時の母教會は愛知縣津島市の日本基督教團津島日光川燈臺教會であつた。

※貓坂＝奈良縣生駒郡斑鳩《いかるが》町龍田六丁目、國道二十五號線にある坂。

# 二千十二年

## 勝呂《すぐろ》病院

「退屈は人を殺せる」病棟の午後静まりて木枯しを聞く

一日は意外に長し病室に冬の夕日のなかなか射さず

病室に倦《う》み果てし午後少年は授業終りをメールしてくる

點滴にかぶれし腕を搔きむしる眞夜の病舍に遠きサイレン

吾が貓を抱きて寢《い》ねたし眞暗なる病舍の窓を鳴らす凩《こがらし》

※勝呂病院は谷崎潤一郎も手術したことで知られる阪神間の由緒ある病院。
退屈といつてもこの時はわづか二泊三日の入院だつた。

### 舊精華小學校

御堂筋戎橋筋竝びゐてその裏に建つ古き學び舎

盛り場の裏に囘《まは》れば聳《そび》え建つ蔦の絡みし高き教場

自由軒重亭そして矢受地藏歴史重ねし街の學校

町衆の氣概を示す高樓に優しきアーチ窓の聯《つら》なる

高島屋の兄貴分なるこの校舍搏《う》ち捨てられる浪速なりしか

※大阪市民の誇りだつた市立精華小學校は千九百二十九年に、俳優阿川佐和子さんの祖父である建築家增田清の設計で建てられた。室内プールやエレベータを備える立派な鐵筋《てつきん》の校舍であつた。しかし保存を求める多くの聲を無視して、大阪市により破壞された。蹟地は安普請といふほかはない商業ビルが建てられ、エディオン等が入つてゐる。千九百三十二年築の高島屋大阪本店（登錄有形文化財）とは指呼の間にある。

# 赤き首輪

天鵞絨《ビロオド》の毛並み撫づれば喉鳴らす吾が黑貓よその名ぬばたま

銀山の街に買ひたる銀の鈴吾が黑貓の赤き首輪に

## ツンデレ

廢線の踏切の鳴る眞夜中に遇《あ》ふ少年の舌の冷たさ

「うるさいな」「嬉しいんだよ！」ツンデレな少年君はすぐ涙ぐむ

## 血の味

黒猫に純銀の鈴バレンタイン

風呂敷に乗りて空飛ぶうかれ猫

氷點下一度を告げる電光の文字　如月《きさらぎ》の朝の血の味

※うかれ猫＝春の季語

## 東下り

斑鳩《いかるが》の龍田の里の猫坂を登りて遥か東路《あづまぢ》を往く

零下二度風なき朝をしやりしやりと薄氷踏みて少年は往く

## 氣配

闇だけの夜　闇だけの寝室に眞黑き猫のすり寄る氣配

甍《いらか》の赤み

まだ止まぬ雨　雛《ひな》の雨　銀山の街の甍の赤み増しつつ

※生野の街の古い建物に葺かれてゐる瓦には、土を焼きしめて作る生野瓦と、鑛滓《くわうさい》を固めて作る鍰瓦《からみ》の二種類がある。赤いのは前者。

青野清牧師

朝日射す猫坂登り半世紀を神に仕へし牧師見送る

隱退の牧師夫妻に子供らは花束贈り手紙讀みあぐ

※西宮市の自宅から津島市、更には關東方面に一般道で向かふには、天理インターチェンジから名阪國道（二十五號線）に乘るのが便利。從つて斑鳩町の貓坂を通るのである。

## 三寒四温

三寒の果てて四温の始まるか吾が寢床より貓の這ひ出す

元町ムジカにて詠める

元町の茶房に君と紅茶飲む彌生晦日《やよひつごもり》寒波來たりて

## 千葉吟行

醫學部の裏の廢墟の屋上の雑草の花鮮やかなる黄

城蹟の丘に七つの塚竝び地下の解剖室への通路

蔦絡む古き館の醫學生調子外れにホルン吹きをり

※歌會は千葉市立美術館鞘堂ホールで開催した。

## 羽薄き龍

明け初めし東の空を飛ぶ龍よ羽の薄きに眠氣催す

庭石の下には龍の干からびて輕《かろ》き木乃伊《ミイラ》となり果ててをり

「この木乃伊どこで見つけた？」「庭石の下にはいつも龍が棲んでる」

羽薄き龍の木乃伊よ明け方の六甲《むこ》の山邊に紫の雲

木乃伊には木乃伊の重さ龍の歳師走の神戸搖らぐ瓦斯《ガス》の燈《ひ》

龍の羽輕やかにして港より吹く汐風に搖らぐたまゆら

潮風の吹きつくる窓　石の壁石の柱に汽笛響けり

人形《ひとがた》の吐息に搖るる燈火《ともしび》よ約束はまだ果されぬまま

※神戸・舊居留地。千九百三十七年に大英帝國のチャータード銀行神戸支店として建てられたチャータードビルの「ギャラリー9」(新型コロナウイルス禍により二千二十年四月末をもちて閉廊)の企畫展として開催された、書家田面遙華さんと小生のユニット「伯爵と魔女」の展覧會の爲に詠んだ作品より。

### 金環蝕

入梅《つゆいり》の雨降りやまぬ夕暮を傘なき少女唄ひ歩めり
少年と露臺《ろだい》に見たる金環は金といふより白銀《しろがね》の色

### 二千十二年・梅雨

梅雨空の雲途切れつつ七夕の舊居留地に潮風の吹く

居留地にぬるき風吹く七夕の午後をやうやく日の射してきぬ

氣がつけば空晴れ渡る七夕の舊居留地の古き大樓

暮れなづむ舊居留地に瓦斯燈《ガスとう》の炎搖らせる一陣の風

梅雨寒の午後の茶の間にぬばたまの黑貓の腹撫づるたまゆら

梅雨明けも間近く暑きこの朝《あした》シャワーの水も夏のにほひす

海からの風心地よき伽羅橋《きやらばし》の洋館の庭高き黑松

梅雨明けの強き陽射しに洋館の石の門柱くきやかに立つ

目白吟行

富士見えぬまま晴れ渡る駿河灣夏の陽射しにぬめぬめとして

「積載物糞尿」の文字容赦なき夏の陽射しに黒く際立つ

徳川の塀には太き蔦絡み細き道より金の門見ゆ

芝庭に低き回廊巡りたるライトの館《やかた》木の旗柱

※目白・徳川ビレッジ＝尾張徳川家第十九代徳川義親侯爵が、目白の廣大な自邸の敷地内に造成した高級賃貸住宅地。

※フランク・ロイド・ライト設計の自由學園明日館。千九百二十二年築（重要文化財）。

## 蟬時雨

朝の蟬うち亂《みだ》れ鳴き少年は寝《い》ねがたきまま吾に抱きつく

立ち盡くす電信柱星月夜

※星月夜＝秋の季語。眞夏の作品だが、俳句では立秋以降は秋になる。

もふもふ

ぬばたまの黑貓の尾のもふもふと枕邊にゐて吾が顏を搏つ

朽ち果てし神木《しんぼく》になほ小祠《せうし》あり太き注聯縄《しめなは》幹に巻《ま》かれて

やうやくに秋來たる午後暗闇に獨り「ベニスに死す」を觀てをり

# 年男

二千十二年十月十四日、京・法住寺の今様歌合はせにて詠める

四度目の年男なる誕生日都にのぼり今様《いまやう》を聴く

年男なる誕生日都にのぼり今様の歌合はせにて初めての七五七五の調べ詠む

※これは短歌ではなく今様である。

幾千の風のうねりに幾千の風鈴鳴りて夜を揺るがす

木目には鳥の浮かびて理科室に手回し電話のベル鳴り響く

## 路面電車

音に聞く高師濱《たかしのはま》の驛舍にはステンドグラスに描かれし海

ぐろぐろと低くモーター唸らせて八十四歳《はちじふよとせ》の電車搖れつつ

洋館は茶房となりて濱寺の冬の眞晝《まひる》の陽の柔らかさ

※いふまでもなく、百人一首に収められてゐる祐子内親王家紀伊の歌「音に聞く高師濱のあだ波はかけじや袖のぬれもこそすれ」が下敷きである。南海電車高師濱線の終着高師濱驛は、設計者不詳なるも千九百十九年に建てられた洋館造りの可愛らしいもの。

※この頃、羽衣國際大學にて短歌講座を受け持つてゐたので、堺市〜高石市界隈を詠んだ作品が多い。

## 甘噛みの痕《あと》

薄墨と白二色なるたそがれの富士の裾野に木枯しの吹く

少年の甘噛みの痕ヒリヒリと熱持つ夜更け黑貓のこゑ

叛亂《はんらん》の月の晦日《つごもり》　少年の白き指先　破れたる旗

潮見坂登れば三河風強き冬至の朝の海の煌《きら》めき

斑鳩《いかるが》の貓坂下り龍田川渡ればはやも日は傾きぬ

# 目白日立倶樂部吟行

のんびりと足湯に浸かり無意識に出たる鼻歌「死ねばいいのに」

人氣《ひとけ》なき學寮の庭は時雨つつ窓にも塔にも蔦絡《つた》みをり

蔦絡む古き寮には人氣なく裏の崖より下の街見ゆ

※目白日立倶樂部とは、千九百二十七年に學習院男子部の寮として、宮内省内匠寮の設計で建てられたアール・デコ様式の洋館。吟行当時は裏手にも幾棟かあつたのだが、今では本館しか殘つてゐないと聞く。

# 二千十三年

## チヨコレイト

チ

ちはやふる神の名騙《かた》る少年の囁《ささや》くこゑにだまされてみむ

ヨ

「邪《よこしま》な心はないよ」と嘯《うそぶ》きて微笑む君の細き指先

コ

戀《こひ》といふ甘き病の甘さゆゑけふの紅茶は砂糖抜きなり

レ

煉乳をたつぷりかけたかき氷　君みたいだね　甘く冷たい

イ

いそのかみ降る雨の中傘の中口附け交はす甘きたまゆら

ト

獨逸《ドイツ》語にモオツアルトを口ずさむ君はまあるき猫の目をして

## 卒業

卒業式果て人氣なき校庭を春一番の吹き抜けてゆく

卒業式果て人氣なき教室に少年たちのざわめきを聞く

卒業式果て少年は吹き荒《すさ》ぶ春一番に向かひ歩めり

卒業式終えて晴々歩む君春の嵐の吹き荒ぶ中

※「チョコレイト」と「卒業」の計十首は、ＢＬ短歌同人誌『共有結晶第二號』のために詠んだもの。

## 悼計《け》良《ら》誓《せい》乃《の》君

美しき少年なりき十二年前新宿に初めて逢へり
何ゆゑの急逝なるや夢語る君の面影腦裏《なうり》離れず
レクイエム聴けども心靜まらず眠れぬままに夜の明け初めり
圖《ず》太《ぶと》きが取り柄といひける君なるに三十にして逝きたるか嗚呼《ああ》
思ひ出は數多《あまた》樂しきことばかり顔に似合はぬだみ聲もまた

亡き君を偲びてめぐる藏の街名殘の雨のいつかやみつつ

春待たず逝きたる君か滿開の花見上げつつ獨りごちたり

黑猫を抱《いだ》きて眠る春の夜を花散らす雨降りしきる音

もう二度と何も通らぬ廢線の踏切の上　虹かかりをり

※『玲瓏』初出

## 中之條ビエンナーレ吟行

林昌寺二首

山門を閻魔が守る寺の町市外局番「鬼哭《おにな》く」にして

脱衣婆《だつえば》と閻魔向き合ふ山門にいつも二人の媼《おみな》座りて

凹凸《くぼた》とふ宿の鄰《となり》に朗らかなママのをりたるスナックのあり

## 中之條ビエンナーレ出品作「紡《つむぐ》」

風が吹くひうひうと吹く夜の獄の孤獨を貓の聲が撫でゆく

轟々《がうがう》と水音高き四萬川《しまがは》の碧く澄みつつ風を呼びけり

山深き出湯《いでゆ》の里は靜かにて夏も冷たきせせらぎを聽く

富澤家住宅（重要文化財）

枯れ葉積む街道の果て茅葺の舊家の庭に絶えぬ水音

桑を食《は》む蚕の音のざわざわと靜かな里の午後を震はす

湯本家

赤といふ名の白猫の目の青く六合村《くに》の名は去年消えたり

散りかけし櫻に小雪吹きつくる四萬の眞晝間《まひるま》空は晴れつつ

積善館

浴場は洋館にして蒸風呂に籠れば翁の笛に驚く

※アーティストユニット『伯爵綽々』として、中之條ビエンナーレ２０１３に参加した。同人は洋畫家の有坂ゆかり博士、造形作家の宮本洋子さん、書家の田面遙華さん、サウンドクリエイターの柿田龍丸さん、そして小生の五名で、それぞれ小生の短歌を基にした作品を、元祿創業の旅館で『千と千尋の神隱し』の舞臺「油屋」のモデルの一つといわれてゐる四萬溫泉の「積善館」の別館、昭和初期の近代和風建築「向ふ新」にて展示した。

二千十三年・正月

吐瀉物にまみれか細く鳴く猫を抱き上げてその顔を拭きやる

苦しめる吾が黒猫を抱き上げてその名呼びつつ背をさすりやる

やんちやなる君の苦しむ様を見て元日の夜を獣醫《じうい》へ急ぐ

漆黒の毛竝み亂れし吾が貓を撫でつつ床《とこ》に共に寢《い》ねたり

三が日明けてやにはに元氣なる吾が黑貓の水を飮む音

三が日貓の病に明け暮れて屠蘇も雜煮もなきままに過ぐ

## 風花

吾を待つ黑猫の影すり硝子越しに見えたる家に着きたり

東《あづま》より戻れば六甲《むこ》の山白く綻ぶ梅に風花の舞ふ

## ライト坂

六甲《むこ》の山黄沙に霞む三月の蘆屋《あしや》河畔のライト坂行く

四匹の魔物の守るビルヂング戰《いくさ》の蹟を微《かす》かにとどめて

※ライト坂は蘆屋市、蘆屋川の開森橋《かいもりばし》東詰より北上するきつい坂道。途中にフランク・ロイド・ライト設計の重要文化財舊山邑邸がある。

**舊寶塚《たからづか》文藝圖書館**

巡りきし最期の春か蔦絡む古き館の丸窓を見る

アール・デコ模樣の塔に蔦絡み春霞むまま暮れ沈みゆく

花の道に花綻びて暮れなづむ少女歌劇の客のざわめき

※千九百三十一年に寶塚文藝圖書館として建てられたこのアール・デコ様式の美しい館は、舊制中學生だつた遠藤周作氏が文學に目覺めた場所であつた。寶塚歌劇團元トップスターをはじめ、多くの市民の保存の聲を一切無視する阪急により二千十三年に破壞されてしまつた。そのあとには見るからに安普請であるワンルームマンションの如き寮が建てられ、タカラジェンヌたちが住んでゐる。

**練供養《ねりくやう》**

葛城の當麻《たいま》の寺の練供養よぼよぼ歩む菩薩も交ぢりて

葛城の初夏の西日に煌《きら》めける浄土へむかふ菩薩らのゐて

姫餅と中將餅を買ひ求め初夏の當麻の旅の果てたり

※毎年五月しか營業しない姫餅と、通年營業の中將餅。いづれも當麻の名物である。

**膨らめる**

膨らめるぬばたまの闇　瑠璃窓の瑠璃のひびより染み入りてきぬ

十薬に埋めつくされし吾が庭にまだ青きまま膨らめる梅

※瑠璃＝ガラス

### オレンヂ・ペコ

ぬるぬると風吹く夜の黑猫の聲膨らみて月光の射す

梅雨空のまま暮れ果てし夏至の夜ォレンヂ・ペコを濃く淹れて飲む

甘えたの吾が黒猫よぬばたまよ熱帯夜にも床に入りくる

### 廢鑛《はいくわう》の街

廢鑛の街靜かにて猛暑日の午後洋館にせせらぎを聽く

暑かれど風吹き抜くる緣側に獨り座りて川音を聽く

## 梅雨

梅雨寒の夜　ぬばたまの黒き猫　モデラートなる雨垂れの音
玄關を開くればかさと音立てて空蟬《うつせみ》落ちぬ　梅雨は明けたり

## 本鄕吟行

萬定フルーツパーラー
凝固せし時間の中にレジスター圓《ゑん》と錢《せん》とを刻み續ける

東京大學本郷キャンパス

ゴシックの廻廊を抜け翁らは夏の日差しの中へ消えゆく

**赤き火の玉**

黄昏の空は一面紫に武庫《むこ》の河原に夏の風吹く

堪え難き暑さ　重たき蟬時雨　赤き火の玉六甲《むこ》に落ちゆく

抱き上げし感觸今も思ひ出すちはるよ吾の初めてのねこ

## 七墓巡り

オベリスク象る墓に功七級と勲章等級刻まれてをり

それぞれに異なる人を偲びつつ共に巡るは浪速七墓

※帝國陸海軍の軍人墓にはオベリスク型が多い。金鵄《きんし》勲章は軍人・軍屬に授與されるもので、功七級はその最下級。刻まれた文字から、若くして戰死させられた兵卒であることが判る。二十代で否應なく戰地に送られ、殺し合ひをさせられ、死んでやうやく勲章を與へられる庶民の家族の心境や如何に？　せめて立派な墓を建ててやらうといふ氣持ちが、オベリスク型になるのだらうか。

※七墓とは江戸時代の大阪＝大坂三郷の周邊に存在した七ヶ所の墓地で、千日前墓地、小橋墓地、梅田墓地、濱墓地、葭原墓地、蒲生墓地、鳶田《とびた》墓地をいふ。江戸中期から明治初期までお盆にこれらを巡拜する七墓巡りが流行したが、これは信仰といふより娯樂の一種で、徒黨《とたう》を組み鉦《かね》や木魚を叩いて夜通し墓地を巡るといふものだつたらしい。すつかり忘れ去られてゐたこの風俗を友人陸奥賢氏が二千十一年より復活させ、以降毎年開催されてゐる。その際に詠んだ作品である。

## 五山の送り火

送り火に向ふ人らで混み合へる京阪特急ざわざわとして

橋本の廓《くるわ》の蹟を通り過ぎ木津、宇治渡り京へ近づく

水深く流るる疏水眺めつつ墨染《すみぞめ》を過ぎ藤森《ふじのもり》過ぐ

東山三十六峰近附きて夕闇迫る京へ入りたり

大の字の燃え上がりつつ輝きて京の夜空に煙たなびく

※墨染も藤森も京阪電車の驛名。
※俗に「大文字燒」と呼ばれるが、京都では正稱の「五山の送り火」といふのが一般的である。

## 一陣の風

茜雲むらさきめきて風立てば秋呼ぶ月の膨らみて見ゆ

數多のピアス全て外して少年は學校辭《や》めぬと吾に告げきぬ

猛暑日の續けるままに十六夜《いざよひ》の月高々と一陣の風

## 駿河路下る

ことのまま小夜《さよ》の中山夜泣石秋めく風に窓を開けたり

谷稲葉《やいなば》の隧道《ずいだう》を抜け駿河府中略して駿府の街に近附く

富士の嶺《ね》の見えつ霞みつ近附きて下る東路《あづまぢ》朝日眩しく

十四夜《じふしや》の月明々と照る夜を針音混ぢるシャンソンを聴く

※ことのまま、小夜の中山、夜泣石、谷稲葉など、いづれも車で關東下向する途中、靜岡縣下の國道一號線バイパスにある地名。

## 雑

夕さりて波静かなる和歌浦に間延びしこゑの烏鳴きをり

ぬらぬらと霧深き夜の峠路に喪くせし奥齒鈍く疼けり

靜まりし南京町の路地裏に船員バーの閉ざされてあり

抱き上げて撫づればすぐに喉鳴らす黑貓と寢る木枯しの夜

**能勢電《のせでん》アートライン猪名川《いながは》吟行**

ひつぢ田に傘捨てありて秋深き猪名の山里人影もなく

荒れ果てし毘沙門堂に足朽ちし佛像《ぶつぞう》倒れ蓮華座《れんげざ》の散る

山の端《は》の小《ち》さき社《やしろ》のその裏に音もなく湧く泉ありけり

茅葺の民家聯《つら》なる山里の孫聯れし翁に道を訊きたり

※能勢電アートライン猪名川は毎年秋、能勢電鐵沿線の川西市、川邊郡猪名川町で開催される現代アートの祭典。

※穭田《ひつぢだ》＝刈り取り後の刈り蹟から更に生える新芽が竝ぶ田圃。

## 護國寺吟行

ゆうるりと撫でよとばかりに近附ける護國寺の猫日だまりの中

あちこちに數多あるとふ富士見坂護國寺脇は緩やかにして

坂續く路地の奥には鴉《からす》鳴き三角屋根の洋館のあり

二千十四年

眞黑なる猫

色々と忘れ物して二度三度戻りその都度黑貓を撫づ

破邪《はじや》の貓氣取るか病める枕邊《まくらべ》をぢつと動かぬ黑きけだもの

生野にて求めし銀の鈴鳴らしすり寄りてくる眞黑なる貓

## 電停の少年

霞みつつ晴れゆく午後か少年は制服のまま電停にをり

廢線になりて久しき電停に來るはずもなき人を待つ君

木製のベンチ置かれし電停に姿の見えぬ猫のこゑする

眞《ま》晝《ひる》間《ま》を暗黑として少年は汗ばむ指にスマホ握れり

蜜垂らす少年の髪　噎《む》せ返る日の光すら闇となしつつ

人知れずかそけき嗚咽漏らしつつ地平へ續く鐵路見る君

木製の車體軋ませ走りくる路面電車の鮮やかなる紺

カラコンの瞳の奥に祕めしもの見抜けぬままに君の手を取る

吾が心知るや知らずや少年は吾が爲すがまま吾に寄り添ふ

君のため惜しからざりし吾がこころ君の心の見えぬままゐる

※初出『共有結晶第三號』

## 題詠「惡」

惡びれず「ごめんね」といひ舌を出すその舌先に絡めとられつ

※初出『共有結晶第三號』

## 水間《みずま》吟行

驛裏《えきうら》の茶房の名前「ぽえむ」にて水間の街の午後しずかなり

をちこちに梅の花咲く街道に水音のみが響く眞晝間

雨やみてやや春めきし水間寺ときをりの風冷たけれども

路地裏にコーギー吠えて春淺き水間の街に薄日射しきぬ

※當時、かつて今東光師が住職を務めたことでも知られる天台宗の古刹、貝塚市の水間観音の門前町で開催された「貝塚まちなかアートミュージアム」のアドヴァイザーを務めてゐたので、何度も水間の街に通つてゐた。

## 淡雪

君逝きて一年經つかはやばやと梅咲く庭に淡雪の積む

黒猫に腕枕して寝《い》ぬる夜を春呼ぶ雨かしとしとと降る

門入らば水仙の花咲き亂れ玄關までの甘きたまゆら

いよいよに花綻べる高瀬川渡ればポツリ雨の降り出す

松葉杖突きつつ渡る鴨川に花咲かす雨音もなく降る

※この年は左足脹脛《ふくらはぎ》の突然の肉離れで、丸々ひと月ほど松葉杖の生活だつた。

雑

急行と準急ともに發車する古市驛に花冷えの風

春の夜の十六夜《いざよひ》の月赤黑く摩天樓より低く輝く

## 横濱《よこはま》吟行

腹見せて吾に甘える野良猫に指突き出せば頬擦りてくる

ちよんの間の面影残るガード下にランドマークの頂きを見る

ふと會話途切れ見上ぐる津田沼のけふの夜空に星數多見ゆ

## 仕立屋

仕立屋のマークは黒き猫にして舊居留地に五月雨の降る
元町に雨のそぼ降る夕まぐれ老舗の窓に瓦斯《ガス》燈を見る

※シャツ専門テーラーとして夙《つと》に知られる「神戸シャツ」。小生は背廣やシャツはオーダーメイド派で、特にシャツは盛夏以外はデタッチャブルカラー、つまりカラーを取り外しできるタイプのものを着てゐる。その殆どは神戸シャツで誂へたものである。

## 天地開闢《かいびやく》

はやばやと梅雨に入りたりぬばたまの眞黑き猫の顔洗ふ朝

大寺の餓鬼の後《しりへ》に額づきし稚兒の見る夢　天地開闢

愛知縣岡崎市矢作町猫田にて

東路《あづまぢ》を車に下るたびに見る矢作《やはぎ》猫田の小さき洋館

※萬葉集巻四に、「あひ思はぬ人を思ふは大寺の餓鬼の後に額づくごとし」（笠郎女《かさのいらつめ》）がある。

## 黑き毛玉

夏の夜を月のなき夜を少年は水邊に佇《た》ちてただ歌ひをり
七夕に生まれし黑き毛玉なりはやひと月で少年めきて

※ハナとぬばたまの間に生まれた一人娘シャルボンなのだが、當初は男の子だと思つてゐた。

# 大和五條吟行

乗り換へのたびに編成縮まりて二輛の電車で五條に着きぬ

蟬一つ落ちたる路地を通り抜けボンネットバスの待つ驛へゆく

ボンネットバスの車掌の名調子聞きつつ深き山へ分け入る

トンネルの中は冷んやり涼しくて鐵路の夢の殘滓《ざんし》佇む

トンネルをいくつも抜けし山の驛にかつての村の看板を見る

どこまでも續く鐵路の夢果ててその蹟すらもいまし消えゆく

街道の古き町家の軒下に「電停」の文字褪せし看板

※奈良縣五條市に舊國鐵の未成線、五新線《ごしん》がある。五條と新宮を結ばうと建設工事を始めたものの、未完成のままに終つた路線である。そのうちの出來上がつてゐるトンネルや橋などをバス專用道として使つてゐたのだが、到頭それも廢止されることとなり、最後の一ヶ月ほど、奈良交通が保有するボンネットバスによるツアーが開催された。それに便乘して歌會を催したのである。

## 市川吟行

眞夜《まよ》過ぎて月の消えたる天空に秋のオリオン高く廣がる

國府臺《こくふだい》巡れば古き歌碑多し東《あづま》の果ての歌枕にて

黑き猫二匹に灰の仔猫ゐて市川眞間《まま》の街靜かなり

幻と消えたる生活《くらし》偲びつつ移築されたる洋館を見る

遣水《やりみづ》の流るる庭を眺めつつ四人の歌會ゆるり過ぎゆく

## 舊蒲郡ホテル

吾一人のみのサロンに銀製のシュガーポットの音を樂しむ

靜かなる宿の窓邊に吾一人紅茶飲みつつ入日眺むる

モオツアルト低く流るる黃昏のサロンの客は吾一人にて

## 雜

秋たけし舊居留地ははや暮れて外國船の汽笛響けり

これよりは無人驛との放送のありて電車は空き始めたり

拙宅「甲麓庵」にて

濱邊まで二キロ更にはその沖の船より汽笛響く秋の夜

## 青垣峠

銀の馬車道

馬車道の古き洋館朽ちかけて秋深き街に人まばらなり

聚落《しゅうらく》といへども人家疎らにて青垣峠に夕闇迫る

峠越す頃暮れ果てて青垣の屍肉酷道《しにくこくだう》闇に沈めり

「屍肉」より「死にな」に入りて酷道は國道となり里の近づく

※朝來市生野町口銀谷《くちかなや》。國の重要文化的景觀に指定された美しい街竝みだが、景觀は崩れつつある。歌に詠んだ洋館、舊足立邸も今はない。

※國道四二九號線青垣峠は國道でありながら通行が大變な『酷道』として知られ、丹波市で四二七号線につながる。

## 別府吟行（山田別荘）

驛前高等溫泉

洋館に宿り朝より湯に浸る別府の街の賑やかにして

野口病院

尖塔に右より病院名書かれ別府山手の空晴れ渡る

首輪せる白黑の猫腹見せて小春日和の別府驛前

晴れ上がり小春日和の一日を古き旅館に歌詠みてをり

池の水抜かれし庭を眺めつつ古き旅館にピアノ弾きをり

## 雑

膝に乗り喉鳴らす猫黒きねこ時折マウスを肉球で突く

## 言の葉の旋律

父と子と聖靈によりバプテスマ受くる君なり聖誕の朝

跪《ひざまづ》き洗禮《せんれい》受くる少年に師走の朝日柔らかく射す

足踏みのオルガン響く聖堂に洗禮受くる君を見守る

アスファルト熔かすにほひの鼻につく工事現場に旗を振る君

踏切を渡るたまゆらポイントを炙《あぶ》る炎の揺らぐ雪の夜

次々と懐メロかかるカーラヂオひねもすの雨降りやまぬまま

晴れやかな笑顔の媼《おみな》次々と喪服のままに寺より出でくる

戸口より瓦斯《ガス》燈見ゆるテーラーに仕立て上りしシャツを受け取る

取り壊し待つばかりなる病院の木の窓枠に歪める硝子

ぬめぬめと絡みつく夜のその底の眞黑き貓の舌のざらつき

ゆふぐれのローカル線の制服の少年少女みな眠りをり

金色に陽の射す秋の午後遅く眠りたる猫眠りたる吾

洋館に紫煙燻《くゆ》らす輩《ともがら》と天井飾りを飽かず見上ぐる

※堺市の中心部、山之口商店街の古い商家を改装した現代アートの畫廊「ギャラリー いろはに」の企畫展として開催された、書家の西村佳子さん、田面遙華さんと小生の三人展のために撰歌したもの。大體は二千十四年の作品だが、その時期、場所はばらばらである。

## 待降節

御堂より聖歌聴こえて淺草の路地の奥にも聖誕近づく

ファシズムの足音聞こえぬふりしてか歳末の街に人ら溢れて

洋館の風呂屋に柚子の香の満ちて朔旦冬至《さくたんたうじ》の夜の賑はひ

十九年に一度なりとふ冬至の夜柚子の香求め湯屋へ行きたり

※待降節＝クリスマスイヴまでの約四週間を指す。アドヴェント。

※六甲道灘溫泉にて。上方の風呂屋は「○○湯」より「○○溫泉」といふ屋號が多いが、ここは普通公衆浴場でありながら天然溫泉である。なほ上方では元々は「お風呂屋さん」と呼ぶことが多いが、近年は「錢湯」といふ關東訛りに侵されつつある。

二千十五年

## ヴォーリズ

日本基督教團浪花教會

御堂よりオルガン聴こえ三休橋《さんきうばし》筋行き交ふ人ら歩み止めつつ

舊ナショナルシティバンク神戸支店

瓦斯の燈の揺らぐ通りのデパートにイオニヤ式の柱竝びて

東華菜館

蛸の待つ扉くぐりて舌鼓かもの川邊の高樓の塔

※大阪・船場《せんば》ビルヂングのサロン・ドゥ・螺（現ギャラリー螺）を皮切に、神戸（チャータードビルのギャラリー9）、京都（東華菜館）、近江八幡（アンドリュース記念館）、東京二ヶ所（青山學院間島記念館、郵政博物館）で開催した、心齋橋大丸原圖展のために詠んだもの。浪花教會、ナショナルシティバンク神戸支店、東華菜館とも、ウィリアム・メレル・ヴォーリズの主宰するヴォーリズ建築事務所の作品（浪花教會は監修）である。

## 月の光

ねこ仔猫
月の夜の黒き
猫のこゑひびく夜の更けて
少年は獨り眠れず窓開くる
月明かりさす
そよと風吹きて

猫鳴きて窓邊に來たる
少年とねこの秋の夜
靜かなる月の光りて
言葉なけれど心通じて
輩《ともがら》ともがら友となる

※この年より、大阪市中央區淡路町二丁目、登錄有形文化財建築である船場ビルヂングの一室に、友人たちとサロン・ドゥ・螺をオープンした。これはソプラノ歌手長谷川眞弓さんより、北夙川不可止プロデュース サロン・ドゥ・螺 古樂シリーズ出演に際し依頼され、ドビュッシーの「月の光」に作詞したもの。

## 二千十五年・正月

元日の午後よりの雪降りやまず猫も書生も炬燵を離れず

にやあと鳴きすり寄りてくる少年と黑貓を抱き映畫觀る夜

## 臺北《たいほく》の旅

瀧乃湯に浸りし翁日本語に聲かけくるる親しげにして

矍鑠《くわくしやく》と夜市に粽《ちまき》賣《う》る媼格調高き日本語にして

ＬＧＢＴのレインボー旗数多はためきて西門紅樓に親しみの湧く

帝大の頃そのままに使はれし臺大醫院《たいだいいいん》静まりてをり

小吃《せうきつ》の女主人の魯肉飯《ルーローハン》雲呑《ワンタン》青菜《あおな》忘れがたしも

「美味しい」と日本語一語のみ話す女主人の飯うまかりし

ホテルより見下ろせばそこに泌尿器科日本時代の煉瓦建てにて

臺北にゲイバー見つけはしやぎゐる君の横顔飽かず眺むる

酔ひつぶれ千鳥足なる少年に肩貸し歩む眞夜の臺北

※少年と詠んでいるが、當時二十四歳である。

悼ぬばたま

庭の梅盛り過ぎたるこの朝《あした》吾がぬばたまは天に召されぬ

もう二度と君の鳴き聲聞けぬのか名前呼びつつ背《せな》を撫でやる

帰宅ごとの大歓迎もなくなりて寂しきままに名前呼びやる

葬儀には君知る人ら集ひきて人よりよほど愛されし猫

遺骨抱き戻ればば梅の散り初《そ》めて君ゐぬ家の寂しさの染《し》む

ぬばたまと呼べばいつでも純銀の鈴鳴らしつつ走りきたるに

これほどに泣けるものとは　ぬばたまの逝きて四日目春の雨降る

もう二度と君の寫眞は撮れぬのか雨音の中スマホ見つむる

つい三匹分の餌やりさうになり亡き猫の仔を默《もだ》し撫でやる

君逝きて突然の春　暖かさその眩しさにただに戸惑ふ

※初出『玲瓏』

※急性腎不全で、あつといふ間だつた。今までの人生で一番悲しい出來事で、今でも彼のことを思ひ出すとすぐに泣ける。四歳と十一ヶ月の生涯だつた。小生はクリスチャンだが、彼に無償の愛を教えてもらつた。何の見返りも求めず、只管《ひたすら》愛してくれた。優しくて、賢くて、可愛くて、美しい、最高の猫だつた。長生きはするつもりだが、でもいつか必ず天國で會へると信じてゐる。

## 船場《せんば》を詠む・船場を書く

廻廊の庭に淡雪降れる午後亡き黑猫の名を呼びてみる

斷髪のモガ闊歩せる頃思ふステンドグラスの廻廊に佇《た》ち

立ち襟にボウタイ締めて衿附《えりつき》のチョッキに時計鎖光らす

廻廊の手すりは深き緑にて初夏の陽射しに鈍く光れり

※サロン・ドゥ・螺で開催した、書家西村佳子さんとの二人展のために船場ビルヂングを詠んだもの。

## 少年

猫の目の圓《まろ》き夜の更け少年はオムライス焼き吾を呼びたり
蟲《むし》の足一本一本引き千切りか細き聲に吾を呼ぶ君

## 逝きてひと月

満開の花見て一人涙ぐむ春待たず逝きし猫を偲びて

君逝きてはやひと月か氣が附けば庭の梅の實膨らみてきつ

夜が短くなつてきたねと獨りごつぬばたま逝きて早もひと月

## 小石川吟行

空蟬は去年《こぞ》のものなり晴れ渡る五月の空にニコライの鐘

借景といふにはあれな小石川後樂園に瀧音を聞く

## 夏の始まり

桶を持ち風呂屋へ向かふ翁ゐて舊遊廓《いうくわく》に初夏の風吹く

ぬばたまの忘れ形見よシャルボンよ父と同じく眞黑なる貓

湯上がりの三ツ矢サイダーしゆわしゆわと音立つる夜夏は來にけり

バックミラーに映る花火をチラと見て混まぬうちにと車走らす

宵闇に花火光れる寶塚《たからづか》溫泉街の面影はなく

## 心齋橋大丸原圖展

モボモガの息吹傳《つた》ふるデパートの古き圖面《ずめん》に人ら寄りくる

居留地に夜鳴く蟬の聲響きガス燈の火の疎《うと》ましく見ゆ

日本基督教團近江八幡教會

教會の鐘鳴り止めば寺の鐘古き甍《いらか》の聯《つら》なる街に

## 堺アルテポルト黄金藝術祭

臥亞《ゴア》を經て西昆那《アユタヤ》を經て澳門《マカオ》經て南蠻《なんばん》人のたどり着きたる
港には出船入船溢れをり戰國の世も平成の世も
進歩するのみにはあらぬ人の世に堺の街の盛衰もまた
猫のゐるまちこそよけれ路地裏に秋の夕陽の低く射しくる

欄干にもたれ土居川見下ろせばさざなみ立てて小舟近づく

※堺アルテポルト黄金藝術祭のプレイベントとして利晶の杜で開催された『南蠻茶會』のために詠んだもの。

## 雜

「コクミン」と無邪氣に叫び國民に非ざる者を思はぬか君

**晩秋の東下り**

帳面の表紙に青き蜻蛉《とんぼ》來て秋の陽射しの早も傾く

春來るとともに逝きたる君想ふ夕べの風の冬を孕《はら》みて

四萬《しま》川の青　空の蒼　中之條ビェンナーレの朝の靜けさ

暮坂の峠ははやも冬めきて六合《くに》へと下る道の嶮しさ

牧水の歌碑数多なる峠越え二年ぶりなる六合へ入りたり

薄暗き永青文庫に春畫《しゆんぐわ》見る中でも衆道《しゆだう》描きたるもの

## 舊松本邸（寶塚《たからづか》）

立冬の前夜の雨の溫かく廊下を走る猫の足音

ひねもすの雨降りやまぬ立冬の洋館の庭　熟柿《じゆくし》搖らぎて

洋館の庭に風吹く晩秋の庭に風吹くぴるらぴるらと

雨降れば枯葉のにほひ霜月の洋館の庭緋の色にして

※一般社團法人寶塚まち遊び委員會の一員として、登錄有形文化財舊松本邸の年二回の一般公開時に解說員をしてゐる。

## 二千十五年師走

ドラゴンと龍との違ひ問ふなかれ怒りのままに道を誤る

薄衣《うすぎぬ》のままに漂ふ少年の羽より白きかぎろひの立つ

心斎橋大丸最終営業日閉店時間

式典も挨拶もなくはやばやと片附け始む客を見ずして

# 二千十六年

## 大丸心齋橋店《みせ》の最期

をちこちに化石祕めつつ九十年心齋橋を彩りたるに

三百年近き暖簾を如何にする心齋橋の變《か》はり果てつつ

晴れ渡る師走の空に雲浮きて歳を重ねし晩鐘を聽く

モボモガの息吹傳《つた》ふる高樓を眼に燒きつけむとて凝視してをり

施主に技師職人たちの禱《いの》り込め建てし大廈《たいか》ぞ大丸本店

幾世代もの人々の思ひ出の積み重なりし大廈なりけり

何もかも踏み蹴散らして變へゆくを時代といふか進歩といふか

「美しき日本」はどこへ行くやらむ殺伐として過去を消しつつ

※千七百十七年創業の老舗百貨店、大丸。心齋橋店はその本店であり、ヴォーリズ建築事務所（ウィリアム・メレル・ヴォーリズが主宰し、天才ドラフトマンとして名高い佐藤久勝をはじめ當時最高のスタッフを擁した日本を代表する建築家集團）の設計で千九百二十二年から千九百三十三年まで四期に亙つて建てられた、壯麗無比なるアメリカン・ネオ・ゴシック樣式の大樓で、本邦の百貨店建築を代表するのみならず、アール・デコ建築の最高傑作であつた。間違いなく重要文化財級であつたこの建物は、全世界からの保存の要望を無視し、創業三百周年を目前にするこの年、無殘にも破壞されてしまつたのだ。あとに建てられたのは餡子のない薄皮饅頭といふほかなく、内部の華麗なる空間は全て見てくれだけの僞物にされてしまつた。歐洲諸都市なら、巴里のギャルリー・ラファイエットやプランタンが、倫敦のハロッズやリバティが破壞されちやちな剝製にされることなど、法的にも文化的にもあり得ない。失はれたものを何とか再現しやうといふならばまだしも、儼然と存在する重要文化財級の本物を破壞してわざわざ粗惡な模造品に作り替へるなど、意味不明の極みである。これが「美しい國」だの「すごい國」だなどと自稱する國、日本の現實なのである。クール・ジャパンが聞いてあきれる。詳しくは拙著『東西名品　昭和モダン建築案内・新裝版』（書肆侃侃房）をご覽頂きたい。

## 澁谷「ライオン」

いかがはしき路地の奥なる「ライオン」に獨り座りてショパン聽きをり

針音のしるきショパンを聽きながらミルク珈琲啜る寒き夜

片眼鏡時計の鎖附けカラーまとひて古き茶房に座る

樂聖の像飾られし茶房にはピアノソナタのひびき滿ちつつ

レコードにバッハ流るる喫茶店ランプシェードは飴色にして

## 受難節

六甲《ろつかふ》に雪雲かかり受難節近づく午後の冷えまさりつつ

勝呂病院にて

立春の朝一番の手術にて痛み耐へつつ晝食《ちうしよく》を攝《と》る

純銀の鈴を形見に君逝きてはや一年か梅咲きさかる

※受難節は復活節(イースター)前の四十日間。聖公會では大齋節、カトリックでは四旬節《しじゆん》といふ。

## 櫻咲く

ちらほらと咲きそめにける宇治川に立待月《たちまちづき》の高く光りて

重装の吾らのみにて盛り上がる宇治川べりの花わづかにて

君逝きて一年過ぎしこの春も花を見むとて宇治に來にけり

をちこちに山櫻咲き霞みたる紀三井寺にて電車待ちをり

## 四月雑詠

LED化されてゐない信號が多い通りにて

電球のシグナル竝ぶ舊國道に四月の夜更け花びらの舞ふ

花散らす雨やまぬまま明けそめて讀み終えし本枕邊に置く

をちこちになゐ振りて夜々寝《い》ねがたく眞黒き猫の背《せな》を撫でやる

猫多き街こそよけれ釜ヶ崎はあらゆるものを包み込みつつ

## 五月雑詠

長き毛を刈られたるらし大き猫初夏の日の差す路地に寝そべる

三井住友銀行大阪本店（住友本館）

土佐堀を睥睨《へいげい》したるガーゴイル石の柱のひんやりとして

梅雨前に廢業といふ元町の古き傘屋に傘を購《あがな》ふ

## 金星臺《きんせいだい》

暮れなづむ六甲《むこ》の稜線くきやかにたなびく雲の色薄れつつ
諏訪山《すはやま》の金星臺の洋館の荒れ果ててなほ威儼たもてり
諏訪山の金星臺のラヂオ塔港より吹く風に鳴りをり

※神戸市中央區の山手、北野異人館街の西側に、戰前に拓かれた諏訪山の住宅地が擴がつてゐる。かつては溫泉が湧き、旅館も竝んでゐた。その山際に諏訪山公園があり、園内には千八百七十四年にフランスの天體觀測隊が金星の太陽面通過を觀測したといふ、金星臺がある。
※ラヂオ塔とは、ラヂオ放送黎明期に公園などに建てられた、ラヂオ受信機を収めた塔。千九百三十年～千九百四十八年頃まで全國に建てられた由。

## 廢屋の窓

ハンター坂登ればいつか汗ばみて猫の模樣の扇子開きぬ

港より汽笛響きてゆふぐれの山手高女の靜まりてをり

この世より地獄乞ふ君ぎぎぎぎぎ油の海の波濤《はたう》眞黑く

粘膜は薄桃の色ひりひりと沁みつつ夜空まとはりつきて

蒸し暑き夜を濕《しめ》りたる音響く路地裏の影重なりしまま

路地裏に熱氣吐き出す室外機月なき夜を猫の目光る

舊ジョネス邸

カーテンは觸れたる刹那粉末となりて散りたり　廢屋の窓

少年の聲なき聲を探しつつ見上ぐる空を裂くつばくらめ

※神戸山手女子中學・高校の本館は舊制神戸山手高等女學校時代の千九百三十六年に建てられた、貴重な近代建築である。神戸の街は港から數粁《キロ》離れた山際まで汽笛が聞こえるのだ。

## 七夕前後

國境の川を渡りて播磨路へ入《い》れば眩《まばゆ》く海峽の見ゆ

はやばやと七夕の夜は明けそめて吾が黑貓は二歲となりぬ

兩岸に祭提燈《ちやうちん》竝びたる道頓堀に宵の風吹く

丑の日の午《ひる》の都心のビル街に日陰探して歩を進めをり

## 八月の熱氣

ひりひりと明けたる朝の貓のこゑ熱氣孕《はら》みてまとはりてくる

黑貓と籠りて過ごす原爆忌亡命先へ想ひはせつつ

汗ばみて入りし場末の食堂に鮪《まぐろ》を載せし麥《むぎ》とろを喰ふ

瀬戸内國際藝術祭

海猫の數多鳴き交ふ犬の島夕べの風に雷鳴を聞く

直島の風呂屋の前の茶虎猫寝そべりしまま吾が指を舐む

げに暑き製煉所蹟巡りをり鍰《からみ》煉瓦に足取られつつ

## 忘れ形見

亡き猫の形見の鈴を鳴らしつつその名を呼べば秋の雨降る

亡き猫の忘れ形見の黑猫の吾が足元にまとひつきたる

舊グッゲンハイム邸

洋館の露臺に海を見下ろせば鹽屋《しほや》の浦を雨がけぶらす

まだ夏の居座りしまま九月果つアイスクリーム一つ買ひたり

## 十月雑詠

出町柳《でまちやなぎ》柳月堂にカフェオレを頼みて一つため息をつく

※京都・叡電出町柳驛前にある名曲喫茶。

# 青山學院吟行

間島記念館

暮れなづむ竝木の道のその奥に石の柱の竝ぶバルコン

チャールズ・オスカー・ミラー記念禮拝《れいはい》堂

植え込みの蟲の音しるきキャンパスのゴシック窓に燈《あか》り點《とも》りて

ベリーホール

重き木の扉を押して石段を上ればチャペル靜まりてをり

## 聲ならぬこゑ

星あまた降る夜のこゑ　星の聲　かそけき音の降り積もりつつ

書肆アラビク
人形の竝ぶ茶房の奥の席少年ドールと見つめ合ひつつ

見上ぐれば時計塔には月出でて少年たちの騒めきを聞く

都にも暗闇ありてその奥に隠れしものの聲ならぬこゑ

疲れたる腦休めむとモロゾフのショコラを一つ口に入れたり

## 年の暮れ

ヴォーリズ六甲山荘

山荘を出《い》づれば六甲《むこ》は時雨ゐて傘聯《つら》ねつつ山道をゆく

鎌倉大佛門前山海堂

大佛は中佛にして門前の異形《いぎやう》の土產物屋に惹かるる

クア武庫川（阪神電車武庫川線東鳴尾驛すぐの風呂屋）

湯の花の固まり石となりてゐる湯船に知らず轉寢《うたたね》をせり

諏訪山住宅地

洋館の竝ぶ路地にも颪《おろし》吹き眞黑き猫の動かずにをり

山麓の路地に竝べる洋館の躓の表札「周寓」とあり

日本基督教團西宮聖光敎會及び日本聖公會川口基督教會（大阪教區主教座大聖堂）

聖誕の夜を教會の梯子《はしご》して聖歌唄えば聲の嗄《か》れつつ

百年を經たる煉瓦のカテドラル聖誕の夜も聖歌響きて

心齋橋麓鳴館

石疊の路地の奧なる古きカフェに歳末の夜を古樂聽きをり

※「寓」とは仮住まいを表すことから、轉じて自宅を遜《へりくだ》っていふ。特に華僑・華人が表札に用ゐる語。

二千十七年

## 六甲《ろつかふ》の雪

濱田溫泉（西宮市甲子園濱田町にある天然溫泉かけ流しの風呂屋）

淡雪に湯氣絡みつつ降りやまぬ露天の風呂の薄闇の中

六甲山《むこやま》に雪積みてをり吾が猫は吾が膝上《ひざうへ》に乗りて動かず

## 堅き夜

冷ゆる夜をヴィオラ・ダ・ガムバ聴きながら黑猫抱けば喉鳴らしをり

雪の午後微睡《まどろ》みをれば亡き猫の夢に現れ吾にまつはる

ココア飲むそのひと時の溫かさ零下の夜の大き滿月

膨らめば膨らむほどに堅き夜を十六夜《いざよひ》の月赧《あか》く照らせり

少年の内より響く音のなき聲ともいへぬ何かを探す

## 二度目の命日

雛の夜をサイレンの音遠く聞く汀《みぎは》に波の搏ち寄せてをり

固まりしこゑ拾ひつつ歩む道どこに續くかさざ波の立つ

梅散りて水仙の花匂ひ立ち君の二度目の命日近づく

生駒嶺《いこまね》に大き夕陽の差し掛かり彌生の奈良の風の冷たさ

をちこちに晩鐘響く奈良町に吾を呼ぶがに座る野良猫

ぬばたまよ君の温もり思ひ出し朝の茶の間に遺骨抱きたり

廢園に君偲びゐる受難節

**播磨路**

をちこちに山櫻咲く播磨野《はりまの》を十八切符の旅に驅け拔く

**花曇り**

花曇る午後カラフルな傘持ちて都心へ向かふ特急に乘る

山櫻里櫻うち亂れ咲く山科《やましな》の空ややに霞みて

人形は人の形の影持ちて花散る夜のおぼろ望月

音もなく八重の櫻の散る夜を少年の手の細き溫もり

## 聖五月

黑猫に蚤取り垂らす雨の午后

栗の花微かにしかし主張せり

教室に欠伸《あくび》する君聖五月

微かなる伽羅《きやら》聞き比ぶ薄暑かな

※「蚤」「栗の花」「聖五月」「薄暑」＝それぞれ夏の季語。
※聞く＝香道のお点前では、嗅ぐとはいはず、聞くといふ。伽羅は香木である。

**雑**

軒下に空蟬《うつせみ》二つ聯なりて五月五日の空冴え渡る

重要文化財大阪府立中之島圖書館

圖書館の百年を經し階段にチェンバロの音《ね》の降り注ぎくる

五月雨に生暖かきこの夜を二匹の貓と少年のこゑ

登録有形文化財「フランソア」にて

イタリア人建てたるといふ茶房にて書を開きつつショパン聴きをり

宵からの雨降りてやみ降りてやみ濕りし風に蚊の羽音せり

默祕する自由と默祕せぬ自由錆びつく空に月の傾く

## 梅雨

雷《いかづち》にたまゆら六甲《むこ》の浮き立ちて六月の夜つゆの近づく

空梅雨の續きて夏至にいたる宵やうやくの雨に土匂ひ立つ

夏寒し寝巻の膝に貓來たる

冷房をつければ膝に乗りてくる吾が黒貓の三歳となる

うつせみ

まむし喰はむと出づればはやも賣切にてビストロに入る梅雨明けの午後

空蟬の玄關先に二つ三つ落ちゐる夜更けいと蒸暑く

※上方では鰻の蒲焼の丼をうな丼とは呼ばず、より雅やかにまむしといふ。
この日は享保年間創業のまむしの老舗、「柴藤」に入りたかつたのだが。

**北條鐵道法華口驛《ほっけぐちえき》（登錄有形文化財）**

見晴るかす限りの田畑貫きて酷暑の朝を一輛の汽車

**山の上ホテル**

不可思議なものの飛び交ふ山の上古きホテルにベルボーイ立つ

蟬數多散り敷く古き階段を踏みしめ宿の裏口に入る

お茶の水ヒルトップなる宿の庭眞夏の午後の蟬の鳴き聲

ロビーには革張りの椅子文士らの集ひし宿の朝の靜けさ

小庭には水飲む小鳥八十歳《やそとせ》を重ねし宿の窓邊に佇む

眞夜中のホテルのバーの止まり木にバーテンダーの手さばきを見る

※山の上ホテルとは、多くの文學者に愛されたことで知られる東京・お茶の水のホテル。ヴォーリズ建築事務所の設計で千九百三十七年に佐藤新興生活館として建てられたもので、戰後千九百五十四年にホテルとなつた。

## 樂園の秋

五條樂園にて

樂園といふ名の廓《くるわ》靜まりて高瀬川より鐵漿蜻蛉《おはぐろ》の飛ぶ

雲間より漏れ出《い》づる月滿ちたりて秋めきし夜の湯屋を照らせり

秋たけし夜の黑々と更けゆきて甘える貓の吾を呼ぶ聲

## 扇港落日

港都ＫＯＢＥ藝術祭にて詠める二首

秋風に遊覧船の揺るるなか扇港落日赤々として

鋼鐵《かうてつ》の向日葵《ひまはり》數多咲く港巡れば秋の夕日膨らむ

※扇港＝神戸港の異稱・雅稱。

## 十月雑詠

ツイッターに中秋を知る今朝寒く秋冬物の背廣纏へり

中秋の空晴れ渡る御堂筋銀杏《ぎんなん》の實のあまた散りをり

誕生日を境に秋の深まりて螢光燈の明滅しをり

神戸ユニオンチャーチにて詠める

六甲山《むこやま》に雨雲かかる秋の午後オルガンの音の堂に満ちたり

お好み燒「團《だん》」

秋たけし夜を奈良町の路地裏のお好み燒屋に豚玉を喰ふ

急激に氣壓《きあつ》下がるか嵐吹く夜の國道に耳詰まりつつ

嵐きてまた嵐きて氣がつけば霜月近しシッキム茶飲む

嵐去りにはかに寒きこの宵を凩一號《こがらしいちがう》のニュース届けり

## 純銀の匙

東華菜館

立ち襟をシャツに取り附け氣に入りの背廣で秋の晩餐へ行く

霜月のこの望月に照らされて小濱《こはま》の宿の街道たどる

高瀬川沿ひの廓の蹟巡り妓樓《ぎろう》の窓の貓に出會へり

立冬を過ぎたる夜を純銀の匙もて炬燵にアイス喰ひをり

奈良《とらや》町の不審ヶ辻子《づし》を抜けた先貓の饅頭賣る店のあり

密造の月の光も絶えし夜を凩の音貓の鳴く聲

※寶塚市の小濱宿。毫攝寺《がうせふじ》を中心とする一向宗の寺内町であり、有馬街道の宿場である。

## 虎落笛《もがり》

蔦絡む館の窓邊虎落笛

黑猫のステンドグラスを窓に嵌め師走の夜を書齋に籠る

鴨川に今年最後の望月の白く大きく低くかかれり

※虎落笛＝冬の季語。風が木々の枝や柵などに吹き當つて鳴る現象。この句では、木製窓枠から入る隙間風が鳴つてゐる様。

## 雜

獨り言多き男の隣にてパスタ貪る紀伊國屋地下

吾が膝に眞黑く小《ち》さき獸《けもの》ゐて師走の夜のこの溫かさ

十三《じふさう》の鐵のアーチを桃色に冬至の夕陽は染め盡《つ》くしけり

二千十八年

## 新年雜詠

和歌山縣西牟婁郡白濱町

元日の白良《しらら》の濱の牟婁《むろ》の湯の破風《はふ》を照らせる巨《おほ》き月あり

青山學院ガウチャー記念禮拜堂

學生の練習しゐるオルガンをチャペルの椅子に座り聽きをり

凍てる夜の上弦の月冴えわたり露天の風呂に身を沈めをり

サロン・ドゥ・螺にて詠める

チェンバロの調べに満ちし吾がサロン外の寒氣を忘れつつ聴く

北濱レトロ（登録有形文化財）

芳醇なウヴァ茶の澀《しぶ》み味わひて煉瓦の館に午後を過ごせり

響くはずなき鵺《ぬえ》のこゑ夜の聲ぬめりを帯びし風吹き抜ける

高みより更なる高み見上げつつ降り注ぐのは雨にはあらじ

## 春の闇

次々に梅ほころべど寒き午後亡き黒猫の娘抱《いだ》きぬ

草餅の餅半殺し祖母の味

黒猫や廊下の奥の春の闇

※草餅＝春の季語。半殺しとはおはぎ（牡丹餅）のやうに、糯米《もちごめ》の粒を殘した狀態をいふ。父方の祖母は、毎春蓬を澤山摘んでは、半殺しの草餅を作つてくれた。

**臺灣《たいわん》四首**

一睡もせず旅立ちて月高く輝く中を始發に乘れり

高度下げ雲を出づればフォルモッサ島の海岸　田畑擴がる

小吃《せうきつ》の魯肉飯《ルーローハン》を貪りて嗚呼焦がれたる臺北に來ぬ

八角の香り漂ふ夜市にて栗の粽を買ひ食ひしをり

※三泊四日の臺北旅行で、計八十粁《キロ》ほど歩いた。

春一番吹き荒《すさ》む中上洛し春節祝ふ宴に出たり

東華菜館

あれから三年

君逝きて三年經たり庭の梅今年は早も散り果ててをり

ぬばたまよ君を思はぬ日などなく三年經《た》てり春はすぐそこ

愛娘ますます父に似てきしぞ眞黑な身體《からだ》つぶらな瞳

ぬばちやんと呼べば必ずにやあと鳴き駆け寄るさまの眼裏《まなうら》にあり

廢業する京の老舗に誂へし眼鏡届けり君の命日

※新京極蛸薬師上ルにあつた、玉垣眼鏡店（明治二十四年創業）。

元町ムジカ

臺北《たいほく》を思ひ出しをり呼び込みの聲絶え間なき南京町《なんきんまち》に

花冷えといふには遲く寒き夜を元町ムジカに紅茶飲みをり

異國語の飛び交ふ中にスコーンを齧りて紅茶味はひてをり

きんつば

熱々のきんつば三つ平らげて五月雨やまぬ街へ出でたり

※出入橋きんつば屋北濱店。

## 子規庵の庭

子規庵の庭に渦巻ぐるぐると初夏の陽射しに汗ばみにけり

黒猫の訃報届けり五月雨の止み蒸し暑き子規庵の庭

「新しき日々」なる店に驅け込みてソルティライチ買ふ初夏の午後

舊東伏見宮家葉山別邸

をちこちに鶯の鳴く宮邸の露臺《ろだい》に霞む相模灣見ゆ

※黒猫は友人の飼ひ猫。

※「新しき日々」なる店はＪＲ東日本のコンビニ「ニューデイズ」。

## 梅雨入り

梅雨入りと思しき朝を黑貓の聲を聞きつつさらに微睡む

梅雨入りの夜更け茶の間に蚊の羽音渦巻探し火を點《とも》したり

教會の前の瓦斯燈ともりつつ梅雨の初めの重き風吹く

大阪北部地震

大なゐに飛び起きしよりへり舞ひて寝《い》ねがたきまま晝《ひる》の近づく

幾たびもなゐ振りし夜雨降りて吾が貓たちの寄り添ひてをり

## 食慾と君と

夏休み前の試験のその前の腹ごしらへの焼肉の味

細き腰白きうなじの君なれど何でも食べる兎《と》に角《かく》食べる

食慾の魔人なる君吾が倍は喰ひたりそして「デザート」といふ

焼肉の次はカラオケ嗚呼テストどこにいつたか　君は微笑む

宇治抹茶餡子も載せたかき氷苦くて甘くて切なく融ける

夏至の日のようやく暮れし八時過ぎ路地の奥より黑猫のこゑ

「食慾と性慾はね似てるよね」熱帶夜などものともせずに

僕よりも細く小さき君なれど僕を操る見事なまでに

共依存にも似たるかな君と僕このままどこへ行くかも知れず

でもなぜか樂觀的な僕のゐて夏の濱邊を君と歩めり

※初出『共有結晶第四號』

## 雑

六月のすゑに梅雨明けしたるとふ東京をよそに上方の雨

### ハナちゃんとシャルボン

シャルボンと呼べばすかさず吾が前に突進しくる黒猫のゐて

名を呼べどチラ見するのみの母猫と面白き親子と思ひ撫でやる

初蟬に猫たちもまた迷惑げ涼求めるや三和土《たたき》に貼りつく

## 迷惑な夏

迷惑な夏なる季節呪ひつつ眞夜の國道を風呂屋へ向かふ

國道のデジタルの燈《ひ》は深夜二時過ぎるに二十八度とぞ　死ね

大熱波ややに緩むか風呂屋より戻りて梅のシロップを飲む

かき氷喰へばいささか身の冷えて驛前廣場《えきまへひろば》に夕風を受く

※阪神電車御影驛高架下の名店、大西商店。

# 縣立西宮病院の夏Ⅰ

二千十八年七月二十七日（金）の夜七時前、近所のかかりつけ醫院にいつた。同年一月より半年で、何のダイエットもしてゐないのに十瓩《キロ》も痩せたので、流石にこれはおかしいと思つたのだ。癌であれば大變だが、矢鱈滅鱈喉が渇くので、恐らくは糖尿病であらうと考への受診である。やはりその通りで、なんと血糖値が五百六十二もあつた。普通の人なら倒れてます、すぐに大病院に行つて下さいと紹介狀を持たされたが、何しろ金曜日の夜だったので、七月三十日の月曜日に縣立西宮病院外來を受診した。本人はぴんぴんしてゐるのだが、結局八月一日より縣立西宮病院九階に緊急入院と相成つたのである。教育入院ではなく緊急入院とは驚愕したが、いつ昏倒してもおかしくない狀態だつたらしい。

突然に入院決まりあたふたと準備に走る西へ東へ

眺めよき病室なれど氣は重く荷解《ほど》きをせり八朔《はっさく》のけふ

インシュリンちくと搏たれて病窓に六甲《むこ》眺めつつ冬瓜を喰ふ

ＰＬ花火

病棟の窓に小さく遠花火八朔の夜の黑々として

はやばやと始發の音に起こされて入院二日目猛暑なるべし

病窓に海　山　鐵道三路線飽かず眺めるほどでもなきが

※八朔＝八月一日

※西側の病室だったので、六甲山、阪急電車神戸本線、國鐵東海道本線、阪神電車本線、そして神戸港まで一望であった。

夏厭《いと》ふ吾なればこそ入院は避暑といふべし寛ぎてゐむ

甘味絶ち覺悟しをるに毎食に果物出づる療養の日々

少食にはやばやと慣れわづかなる朝食に腹満たされてをり

六甲《ろつかふ》に沈む夕日を正面に意外と美味き療食を喰ふ

純銀の匙もてプリン喰ふゆふべ療養の身に沁み渡りゆく

デザートの芋のレモン煮甘くなく落膽《らくたん》したる入院三日目

二日ぶりの外氣に觸れて病院の周りを巡る夏のゆふぐれ

けふもまた暑くなるらし病舎より六甲《むこ》のひときはくきやかに見ゆ

亂高下しつつも下がる血糖値入院四日目敵は退屈

西に神戸東に淀川の花火見て入院生活意外と樂し

東西の花火同時に見えたれば今宵病舎も賑はひてをり

窓際に患者看護師竝び立ち遠花火見る八月の夜

## 日本基督教團西宮聖光教會への轉入《てんにゅう》會式

病院を一歩出づれば酷暑なれど外出嬉し禮拜へゆく

轉會を濟ませ何やら落ち着きぬこの教會が吾の居場所ぞ

大聲を出せぬ病院抜け出《い》でて讃美歌うたふ聲高らかに

## 縣立西宮病院の夏Ⅱ

面會の友次々に來てくれて早も夕餉の時間となりぬ

夕餉には西瓜出《い》でたり九階の病室にゐて蟬時雨聽く

青燒《あをやき》の針美しき骨董の懷中時計枕邊に置く

時かけて喰ふ習慣が身につきて夕餉のうちに日は沈みたり

iPhoneにradikoとSpotify入れて病舎の日々のややに潤ふ

立秋の夕焼赫《あか》く六甲《むこ》を染め入院生活もほぼ半ばなり

入浴と三度の食事と面會を樂しみとして病床に在り

日に一度は外氣に觸れむと出で見れば嵐近きか強き風吹く

## 悼杉本清氏

訃報とはいつも突然きたるもの病床に知るは更に悲しく

病院を抜け出し通夜へ高速を飛ばさむとすれば澀滯しをり

お茶目にて知的なをぢ樣だつたこと通夜に驅けつけ改めて思ふ

思ひ出は樂しきことの多くして棺に向かひて頭垂れたり

觀光客の絶對《ぜつたい》行かぬ京都をば共に巡りしことも懐かし

## 縣立西宮病院の夏Ⅲ

インシュリンの副作用にて視力變はり慌てて老眼鏡を買ひたり

數ヶ月で治るのならば百均の老眼鏡で十分ならむ

百均の老眼鏡は優れもの病床に本くきやかに見ゆ

歸るとぞ駄々こねる老婆なだめゐる看護師のこゑ穩やかにして

豫定《よてい》より早き退院の目處《めど》たちて今宵の夕餉はお祝ひ氣分

インシュリン注射も減りて退院に向けて處方の說明を受く

入院し初めて曇るこの朝もダージリン茶にミルク注ぎぬ

病舍にて蟬時雨聽くこの朝《あした》六甲《むこ》は曇りて色の失せつつ

病室に見る夕暮れも最後かと紅く染まりし六甲《むこ》を眺める

退院の明日に迫りて落ち着かず病棟内を散歩してをり

氣がつけばあつといふまの二週間入院最後の夜の更けゆく

癒えきしを壽《ことほ》ぐべきか眞夜中の病室にいたく腹減りてきぬ

八月十四日

退院の朝《あさ》晴れ渡りダージリンティー飲み干して朝食を終ゆ

※視力は、實際には退院後一週間ほどで元に戻った。

## 日常への復帰

退院し早も日常に戻りつつ朝に夕《ゆふべ》に血糖値を測る

秋めきし土曜日の午後堺までガラクタ市を冷やかしにゆく

迷惑な高校野球やうやくに終りて静か　殘暑強まる

やうやくに靜かになりて甲子園驛より近く六甲《ろつかふ》の見ゆ

純銀のボンボニエールに藥入れ糖尿患者の一日始まる

※糖尿病では人は死なない。怖ひのは合併症である。三大合併症といはれるのが「糖尿病網膜症」「糖尿病腎症」「糖尿病神經障害」なのだが、幸ひ全て正常、合併症ゼロであつた。

※インシュリンからも卒業できて、毎日の飲み薬と、週一回自分で搏つ注射だけである。しかもその注射、痛くも何ともないし、アンチエイジン

グ効果があつて世界的に注目されてゐる新薬だといふから、素晴らしい。何のダイエットもせずに半年で十瓩《キロ》も痩せられて、不老不死の妙薬まで健康保険で買へるのだから。人にも「糖尿病ほどいいものはないですよ」と薦めては笑はれてゐる。

## 秋の氣配

往年の假面《かめん》ライダー思ひ出すダブル颱風《たいふう》近づきてをり

葬儀へと急ぐ車窓に摩天樓くきやかに見え秋の氣配す

悼佐藤啓子氏

友の死を知りたる午後の青空に見事なまでの虹のかかりて

樂しげに木津川アートの會場を案内しくるる姿忘れず

八月の二度目の訃報届きたる午後公園に貓を撫でをり

出棺の時一陣の風吹きて猛暑と共に君は逝きたり

葬儀より戻れば暑く青空にまだまだ夏の雲の湧き立つ

## モノクルとバトオ

モノクルの紐の風切る音かすか夏の夕べの橋にたたずむ

大川を下るバトオの電飾のはやも消えゆく晩夏のゆふべ

※モノクル（monocle）＝英語、佛語などで、片眼鏡。若い頃は單なる恰好つけであまり使はなかつたが、老眼が進んでからは非常に便利になつた。ここ數年は常用してゐる。

※大川＝舊淀川

※バトオ（bateau）＝佛蘭西語で船。

## 颱風二十一號

凄まじき嵐に籠りをちこちの被害の樣をスマホに見をり
轟音に驚き見れば鄰《となり》との境の塀の蹟形もなく

※伊勢灣颱風どころか室戸颱風から覺えてゐるといふ千九百二十九年生まれの母が「今まで一番すごかつた」といふ嵐であつた。實際、關西一圓未曾有の被害で凄まじい有樣となつてしまつた。我が家の損害は塀が倒れただけで濟んだが、實家の父は左肘を粉砕骨折といふ大事である。しかし手術後ひと月で車を運轉できるまでに恢復したのだから、我が一族は化け物ぞろひといへやう。

## 雑

しゆんしゆんと湯の沸く音と蟲の聲夜の厨《くりや》にパスタ茹でをり

無縁墓に咲く曼珠沙華赤き中白きも混じり風に揺れをり

眼鏡なき目に十六夜《いざよひ》の月霞み露天の風呂の湯の濁りつつ

## 悼雀さん

出棺の時ぞ俄かに雨降りてこらへきれずに吾も泣きつつ

路地裏の小《ち》さな小《ちい》さな喫茶店「力雀《ちからすずめ》」のマダム逝きたり

四〜五人も入《い》らば満席小《ち》さき店の大いなる母雀さん逝く

カウンターを吾が物顔に歩む猫「力雀」のミミイちやんにて

先に逝きし愛猫ミミイと今頃は旨き珈琲淹れゐるならむ

モノクロのフィルムカメラに撮りくれしポオトレイトが形見となりぬ

※地下鐵谷町線阿倍野驛からほど近い、車の入れない狭い路地。そこに傳說的な喫茶店「力雀」があつた。カウンター五席のみの小さな店だが、千九百七十年代には常時行列ができ、週刊誌「平凡パンチ」に四頁に亙る特輯が組まれるほどのお店だつたといふ。小生はそのカリスマママダム雀さんの、晩年五年ほどの常聯客だつたことになる。とてもとても素敵な、ゆつくり落ち着いて雀さんとお話するのが樂しい、さういふお店であつた。

## 弔ひの歸路

都心とは思へぬ靜かな淸水《きよみづ》の坂を下れり弔ひの歸路

何處《どこ》よりかピアノソナタの聽こえくる路地薄暗く貓座りゐる

愛染の坂下る貓と鉢合はせ人差指に挨拶をせり

※とてもではないがそのまま地下鐵に乘る氣分にはならず、阿倍野から難波まで步き、そこから阪神電車に乘つたのだつた。いつの間にか、步くのが暑い季節ではなくなつてゐた。淸水坂、愛染坂とも、天王寺七坂の一つ。

**誕生日前後**

梨の實の瑞々しきに齒を立てる夜更けの厨眞《くりや》黑なる貓

吾が生誕五十四年の記念日を古き館に能管聴きをり

浄土宗大雲寺

颱風の爪痕しるき古寺に宵闇迫りジャズ響きたり

ツイードのヴェストに時計鎖《くさり》光らせて片眼鏡《モノクル》を掛けジャズを聴く夜

法善寺横丁の宵時雨つつ傘傾けて足早に行く

時雨降る道頓堀は暮れ沈み遊覧船も人まばらなり

※糖尿で十瓩《キロ》痩せた體重は、幸いそのままをほぼ維持してゐる。

## 雜

同志社大學

母校には母校のにほひ風雪に耐えし煉瓦の校舎竝びて

いつまでも冬さりてこぬ霜月のするゑ居留地に電飾光る

### 五條樂園・宮川町

丸窓にステンドグラス樂園と名乗りし街に時雨そぼ降る

## 陰間茶屋竝べる頃を思ひつつ歩む路地《ろうぢ》に三味《しやみ》の音《ね》を聽く

※近代以前、京都五花街の一つ祇園宮川町は藝妓《げいこ》、舞妓《まいこ》ではなく、陰間（少年）が接待するところだつたといふ。

### 縣立西宮病院の冬Ⅰ

今度は十一月末の金曜日だつた。拙宅から驛まで徒歩一分半ほどなのだが、その距離で心臓をきゆつと摑まれるやうな感覺に襲はれたのだ。これは話に聞く狹心症の症狀だなと自分ですぐに氣づいた。心は廣いつもりなのだが。

ともあれ、ほんの數分で治まつたし、その日はそのまま神戸にいつて十粁《キロ》ほどは歩き回つたのに平氣だつたので、一過性と思つた。しかし翌土曜日にもまた發作が出たので、これは兎に角醫者に行かうとなつたのだ。日曜日は運轉してゐたので平氣だつたのだが、月曜日夜には夏の糖尿の時と同じかかりつけ醫院に行つた。その結果、心電圖には異常はないが恐らく狹心症なのですぐに縣立西宮病院にいつてくれ、となつたのである。

明くる十二月四日の火曜日に縣立西宮病院に行くと、なんといきなり車椅子に乗せられ、「今日は歸れませんよ」といはれてしまつた。その時のいでたちはチェスターフィールドコート、マフラー、三つ揃への背廣に革靴である。まさかそのまま入院になるなど夢にも思つてゐなかつたのだ。夏の入院時は緊急入院とはいへ一旦歸宅し、準備を整へ覺悟を決めてから入院できたのに、今度は本當にいきなりだつた。

またしても病床に就くこととなり電話にＬＩＮＥに知らせ送れり

病棟の夕餉に鰻出でたれば病忘れて平らげにけり

院内は勝手知りたることばかり手馴れ居心地整へてをり

點滴の針入れられてやうやくに入院氣分昂まりてきぬ

耳遠き翁と同じ部屋なれば會話の全て聞こえくるなり

はやばやと日の沈みたる師走にて病舍に夕餉待ちわびてをり

この度《たび》は食事制限なき故に見舞ひの菓子を卓上に置く

入院の日々味氣なしなかんづくねこをらぬこと猫をらぬこと

カテーテルと雖《いへど》も手術は手術にてふらつきしまま夕餉食べをり

カテーテル手術は成功さはあれどふらつき取れぬままに暮れたり

突然の吐き氣に勝てず點滴の臺引きずりて厠へ向ふ

氣がつけば寝《い》ねをりけふもまたしても心電圖、ＣＴ、ＭＲＩ撮りて

※手術は十二月六日の朝一であつた。二時間の豫定が一時間半で終はり、喜んでゐたのだが。なほ、冠狀動脈は三本あるのだが、そのうち眞ん中の一本が九十九％閉塞してゐたので、ステントを二本挿入したとのことであつた。心筋梗塞で倒れる前に自分で氣づいて本當によかつた。

## 縣立西宮病院の冬Ⅱ

ＳＣＵに移れり急遽《きふきよ》腦梗塞見つかりてよりひと日忙し

次々と倒れる前に障害が見つかることを奇貨と寢《い》ねをり

外界は寒くなるとぞ快適な病院にゐて面會を待つ

症狀もなきまま入院續きゐて車椅子にも慣れしこの頃

トイレ一つ行くにも車椅子を呼ぶ入院六日目歲末近く

デザートのフルーツポンチ食べ終えて病舎の長き夜が始まる

點滴を差し替えてまた横になる入院の日々鐵道の音

起きてまずダウランド聴く病院の朝どこよりか媼《おみな》泣くこゑ

寝《い》ぬること本を讀むこと病院に殘り僅かな今年過ぎゆく

やうやくに入浴濟ませ巨《おほ》きなる夕日眺めつ人心地つく

少しづつ制約外れ病棟に自由増えつつあとまだ半分

※術前の説明で、閉塞しかけてゐる冠動脈を内側から觸る以上、剝がれた血栓が脳に詰まる場合もあるとは聞いてはゐたが、まさか自分がそんな稀な例になるとは夢にも思はなかつた。寶籤《たからくじ》でも買つてをけばよかつた。しかし大病院に入院中だつたのでＭＲＩもそのまま受けられたし、脳神經科もあるので、助かつたといへやう。轉院となつたらまた大事になるところだつた。なほＳＣＵとは脳專用の集中治療室のことである。

※ＳＣＵに移されたのが金曜日だつたので、そのあと土日はほぼベッドで過ごし、月曜になつて主治醫から入浴と歩行の許可が出たのである。

※最初「脳梗塞が發見されました」と告げられた時には一應「えーっ」とは叫んだが、それでもあとから考へるとかなり正常化バイアスといふものがかかつてゐたやうで、脳梗塞といつても自分がそれほど重症になるはずはないと思つてゐた節がある。幸ひにも實際のところ小脳の梗塞だつたので、症狀といへば丸一日だけの吐き氣、ふらつき、そして複視といつて目の焦点が合はないことだけだつた。それで段々落ち着いてきて周圍を見回してみると、周りは重症の人ばかりであることに氣附く。皆さん起き上がることすらできず尿管を入れてゐるのである。車椅子を呼んででもトイレに行けるだけまだましだつたといへやう。

## 縣立西宮病院の冬Ⅲ

囘診の醫師團《いしだん》去りて靜かなる病棟はまだ晝《ひる》にもならず

海白く光りてけふは晴るるらし病舍八階何事もなく

iPhoneにモオツアルト聽く病床に眠氣催すまだ朝なれど

賑やかな病棟の夜仕方なくイヤホンに聽くバッハの調べ

次々と見舞ひ來たりて歳末の近き病舍に忙しくをり

病氣との自覺全くなくなりて退院の日をひたすらに待つ

けふもまた見舞ひ次々訪れて病舍の日々の飽きることなく

夕餉にはデザートのなく餅入りの最中を一つ甘み補給す

をちこちに警報音の鳴り響き病舍に早も目を覺ましたり

重症者多き病舍にリハビリの掛け聲聞きつつ微睡みてをり

※様々な計測器を附けてゐる患者が多く、時と場合によつてはその音があちこちから一晩中鳴り響く。そんな夜は殆ど眠れない。

## 縣立西宮病院の冬Ⅳ

コンサートに入院患者も集まりて降誕節の近附きてきぬ

長々と貨物列車の音聞こえ病棟の夜更けてゆくかも

メリさんのひつじ奏でる臺車《だいしゃ》にてけふも晝餉《ひるげ》が運ばれてくる

病院の食事に當り外れありて今宵は菓子を多く出したり

はやばやと消灯時間點滴のゆつくり落つる時を數へつ

朝食を終えて藥を五つ飲みあとは晝までなすこともなく

重症の患者ばかりのＳＣＵに吾寢《い》ねがたく風の音聽く

やうやくに靜まりし夜の病棟にサイレンの音近附きてきぬ

夕暮に風呂を濟ませて病床に戻れば長き夜の始まる

※コンサートの出演は病院職員による器樂合奏と、大阪大學のアカペラサークルであつた。

## 縣立西宮病院の冬Ⅴ

昨夜よりは眠れしはずも眠氣して回診終はりまどろみてをり

チョコレートじんわり融けてはやばやと晝餉來《きた》りぬ腹減らぬうち

デザートに小さき蜜柑一つ剝き病舍の晝餉はやも終わりぬ

晝餉濟み風呂も濟ませて友を待つ病舍の午後ののんびりとして

吹き込める外氣の寒さ感じつつ見舞ひの友の見送りに立つ

病床の無聊《ぶれう》慰むスポティファイ聖誕のキャロル聴きてすごせり

病床の燈りを消して寝《い》ねむとす深夜零時を少し回りて

氣分よく目覺めぬ今朝も病棟は賑やかにして朝餉運ばる

午睡する間《ま》に點滴の終はりたり暇にも慣れて癒えつつあるも

病床に聖歌聴きゐるアドベント點滴落つるをただ眺めをり

退院の明日に迫りし今頃に窓邊のベッドに移されてきぬ

窓際のベッドに移れど空曇りはるかな六甲《むこ》は霞みて見えず

いよいよに最後の點滴つけられて退院前の夜は更けゆく

退院の朝はやばやと目覺めたりまずはスマホに古樂聴きつつ

心電圖にリストバンドも外されていよいよに退院近附きてきぬ

## 退院

やうやくに退院したり父母《ちちはは》と病院裏の饂飩《うどん》屋にゆく

柚子の湯の熱きに浸かる冬至の夜前日までは病院にゐて

猫のゐる日常に慣れ生活がいつも通りの日々となりゆく

## 二千十八年降誕節

芳しき林喜《はやき》の穴子を飯に載せ聖誕前を一人樂しむ

日本基督教團西宮聖光教會
降誕の禮拜《れいはい》守る小《ち》さき群れに大きな恵みあらむと禱《いの》る

降誕の禮拜果てての愛餐會老いも若きもケーキ頰張り

工事現場に大きサンタの雪洞《ぼんぼり》の光りて今宵クリスマスイヴ

日本聖公會川口基督教會
ゴシックの大聖堂にオルガンの響きて今ぞ禮拝始まる

退院し聖夜を過ごす幸ひを噛み締めながら讃美歌唄ふ

聖誕の午後穏やかに陽の射して今年最後の洗濯濟ます

※林喜は、兵庫縣明石市の穴子の名店。

# 年の瀬

天六スエヒロ

降誕節の祝ひと快氣祝ひ兼ねデミグラス苦きハンバーグ喰ふ

冷えまさる師走の午後の猫たちのおとなしくして毛の暖かき

搏ち合はせのみのつもりが誘はれて忘年會に出る病み上がり

六甲《ろつかふ》の颪《おろし》冷たき停車場のホームに一人急行を待つ

やうやくに冷えまさりたる歳末を第九聴かむと上洛したり

地下鐵を降りれば既に暮れ果てて京都に雪の降り積もりつつ

夜回りの子らのこゑする歳末の夜六甲《よるろつかふ》の颪冷たく

歸省せる十年下の妹もともにてつちり圍《かこ》む年の瀬

黑猫を抱《いだ》きて第九聽きながら大晦日《おほつごもり》の更けてゆくかも

# 跋

短歌を始めたのは千九百九十四年の春先のこと。初投稿で朝日歌壇に載り、氣をよくして今はなき『アララギ』に入會したのだつた。師は故石井登喜夫先生。『アララギ』の撰者・編輯委員でいらした。吾が父は七ヶ國語ほどを自在に操る語學の化け物なのだが、その父に最初の英語の手ほどきをしたのが當時發足したばかりの新制中學の代用教員をしてゐた石井先生なので、親子二代に亙る弟子といふことになる。但《ただ》し小生は關西語しか話さないが。

そして『アララギ』の解散後は石井先生と共に『新アララギ』に所屬したが、結局作歌十年目に、『玲瓏』に移籍した。繪に喩へるとデッサン・寫生を十年修業してから、抽象表現にも挑戰といふことになるので、自分としては非常によかつたと思つてゐる。

この『ぬばたま』は小生の單著として二冊目、作歌歴二十五年目にしてやうやくの第一歌輯といふことになる。既にカルチャーセンターや大學などで短歌を教へたりもしてゐたのにまだ歌輯がないといふ、變則的といふか、ネット時代ならではの狀態から、やうやうにして脱することができた。それも自費出版ではない。

第一歌輯といふと作歌初期作品から竝べるのが一般的だが、小生の場合二十五年以上前の作品といふことになるし、數は澤山あるから近作迄全部といふ譯にもゆかぬ。そこでまずは小生の「今」から編まうと思ひ、二千十年から二千十八年迄九年分の作品から選んだ。それ以前の作品、そして二千十九年以降の新しい作品は次回以降の歌輯にまとめたいと考へてゐる。それでもまだまだ多過ぎたので隨分削つたが、七百七十二首といふ、歌輯としてはなかなかの大部になつてしまつた。

小生はオープンリーゲイである。最近よく聞く言葉でいへば、ＬＧＢＴの一員といふことになる。だからといつて殊更に「ゲイ歌人」を名乘りそれを「賣り」にしたくはない。小生がゲイであることは小生が日本人であり關西人であることと同じく、小生の屬性の一つに過ぎないからだ。

とはいへ二千十二年からはボーイズラブ（ＢＬ）短歌同人誌『共有結晶』にも參加してゐる。創作である以上フィクションを含むことは勿論だが、ＢＬを素材にすることで更に近代以降の「一人稱の文學」としての短歌から離脱し、純粋な虛構に遊ぶ樂しみを知ることができた。しかしゲイである以上、虛構ならず「日常性」を題材とすることでもまた男性同性愛、少年を詠んだものも多くなる。

そして同じぐらい多いのが貓を詠んだ歌だらう。小生の中で、その兩者の比重が如何に高いか、改めて氣づかされた。

もう一つの著書『東西名品 昭和モダン建築案内・新裝版』（書肆侃侃房）は近代建築について書いた。小生は言葉も、建築も、藝術も、音樂も、ファッションも、全てにおいて拘りが強く、執着する人間なのだらう。その執着が「美」であつてほしいと思ふ。

最近、「本物とは何か?」を考へさせられることが多い。世の中は矢鱈「保守化」してゐるといはれるが、しかしさういふ自稱保守、自稱愛國者の多くは、日本の歴史や文化について恐ろしいほど無關心で、短歌と俳句の區別すらできぬ者が少なくない。小生のもう一つの柱である建築においても、心齋橋大丸、原宿驛など「儼然と存在する本物を破壞して粗惡な模造品に置き換へる」事例が後を絶たない。觀光客の溢れる京都ですら、鐵筋混凝土《コンクリート》のビルの間に辛うじて瓦屋根が鋏まつてゐる鹽梅《あんばい》で、巴里やフィレンツェなど歐洲の諸都市と比べるべくもない慘憺たる有様である。

話し言葉にしても、關西人として關西語には強い愛着があるが、標準語ですらない關東訛りがどんどん流入してゐる現狀に鑑みると、もう風前の燈火といふほかない。

貧すれば鈍するといふが、今の日本はまさにその狀態なのではあるまいか？
小生にできることなど限られてゐるが、その一つが歌を詠むことである。兎に角詠み續けること、言葉を紡ぎ續けることが、諦めないことだと信じてゐる。

なほ、現在の歌壇・俳壇では舊假名遣ひの作品でも常用漢字を用ゐることが普通である。しかしそれでは木に竹を接いだ感が拭へない。よつて本書ではパソコンで出せる範圍プラスαで正字體を使ふこととした。プラスαについてはデザイナーさん、編輯長にご苦勞をおかけしたが、それでも全てを正字體にすることは能はなかつた。その點はご寛恕願ひたい。

北夙川不可止

六甲颪の冷たき夜、甲麓庵の書齋にて。

著者近影　東華菜館にて（撮影：家辺大輔　© Daisuke Yabe, 2020）

# 永遠の幼子　伯爵

寮　美千子

「北夙川といいます。いつもこんな格好をしているので、『伯爵』と呼ばれています」

そう自己紹介をした彼は、なるほど、三つ揃いの背広に懐中時計、仕立てのいいワイシャツに片眼鏡と、いかにも「伯爵」というあだ名にふさわしい出でたちだった。「ペンネームです。実家が夙川の北の甲陽園なので、北夙川に。お公家さんみたいでしょ」と、はにかむような笑顔を浮かべた。

彼との出会いのきっかけは「刑務所」だった。首都圏から奈良へと移り住んですぐに、近代建築を偏愛するわたしは、明治の名煉瓦建築である奈良少年刑務所を見にいった。ひょんなことから、ここで受刑者に絵本と詩の教室を開くことになって知ったのが、五翼放射状舎房を持つこのすばらしい建物が、すでに壊される運命にあるということだった。なんとかしたいと思ったが、刑務所建築のすばらしさを知る人は少ない。見る機会がないからだ。そこで法務省の許可を得て撮影、写真展を開いて巡回した。そのときに協力してくれた一人が伯爵だった。その甲斐があり、奈良少年刑務所は二〇一七年に「旧奈良監獄」として国の重要文化財に指定され、破壊を免れた。伯爵もまた稀代の近代建築マニアであることは、歌集を読めば一目瞭然だ。彼は『東西名品　昭和モダン建築案内』も上梓している。

伯爵と短歌との出会いもまた「刑務所」がきっかけだった。実は彼は二十九歳から三十四歳まで、五年間を獄中で過ごしている。なぜそんなことになったのか。それを語るには、時間をかなり巻き戻さなければならない。

生まれも育ちも西宮という伯爵。父親は英国系商社勤務、後に大学教授となり、母親は上海で高等女学校を出たというハイカラな一家に育った。大学は同志社大学神学部で専門は基督教文化学。学生時代からサンケイスポーツに一年半も連載を持つ名コラムニストだった。裏表八年間在学して中退。そのまま物書き稼業に突入。生来の好奇心の強さから、さまざまなところに出入りし、えべっさんで有名な西宮神社の権宮司・吉井貞俊さんと親しくなる。吉井さんは阪神間の文化人として著名な方で、震災前と後の阪神梅田から阪神元町までの沿線を絵巻物として描いたことでも知られている。伯爵は吉井さんから神社に出入りしている的屋を紹介された。これが運命の分かれ道になった。

取材も兼ねて半年ほど的屋と交遊を重ねた伯爵は、ある日、的屋の兄貴分と弟分の乗る車に同乗した。ところが、彼らが激しい言い争いを始め、弟分がプイと車から飛びだしてしまった。しばらく待ったが、戻ってこない。仕方なく兄貴分と二人で帰ったという。この弟分、なんと車を出てから、腹いせに強盗をしていた。しかも「兄貴たちにやれと言われた」と証言。伯爵は「共同共謀正犯」として逮捕され、有罪になってしまった。もちろん弁護士を付けて争った。裁判には時間がかかる。三年かかって最高裁まで行き、敗訴、懲役五年に。結局、計五年間を拘置所と刑務所で過ごした。「刑務所の中では死装束の経帷子を縫ったりしていたんです。だから、ミシン掛けはいまでもうまい」と笑う。

「ともかく時間がある。小説でも書こうかと思ったけど、ワープロなしの手書きはしんどい。短歌ならと思い、歌人の石井登喜夫先生に手紙を書きました。数か国語を操る語学の化け物の父が最初に英語の手ほどきをうけたのが石井先生。愛媛県川之江市の新制中学の代用教員だったんです。幼い頃から何度かお目にかかっていました。『父からお聞き及びとは思いますが、実はいま、拘置所にいます』と書いて、二十首ほど添えて出したところ、弟子にしてくださったんです。『アララギ』の中でも弟子を取らないので有名な方なのに」

一九九四年の三月のことだったという。「北夙川という筆名はこのときにつけました。下の名前の不可止は石井先生が『男が生まれたらつけるつもりだったのだけど、女の子しか生まれなかったから』とくださったものです」

五月には、投稿した歌が早くも佐佐木幸綱氏選の朝日歌壇に載った。誘われてアララギに。十月号から投稿開始、投稿した十二首のうちいきなり四首が掲載された。それから五か月間連続で特選になり「獄中から彗星のように現れた新人」と話題を呼んだ。

冤罪によるこの刑務所体験がなければ、歌人・北夙川不可止は存在しなかったかもしれない。

歌集を繙けば、まさに心の貴族というべき伯爵の優雅な姿が見えてくる。猫と美少年をこよなく愛し、近代建築と美術と音楽を愛で、美しき建物が壊される不条理に怒り、アートイベントのキュレーションをし、音楽会を企画し、吟行をする日々が絵巻物のように繰り広げられる。いかにも葉巻とブランデーが似合いそうだが、どちらも嗜まない。強いスパイスも苦手で、好物は紅茶とケーキ。「味覚が子どもなんですよ」と笑う。そのアンバランスが愉快だ。

強い好奇心を持ち、好きなものにまっしぐらに駈けていく。一切の忖度なしに批判の声を上げる。成熟した大人の美の感受性と深い教養を持ちながらも、彼はまるで、どこまでも無垢な幼子のようだ。この地上は、彼にとって永遠の遊び場なのかもしれない。百五十歳まで生きると豪語する幼子・伯爵に、永久の栄えあれ！

（りょう　みちこ　作家・詩人）

著者
北夙川不可止
（きたしゅくがわ　ふかし）

一九六四年兵庫県西宮市生まれ。同志社大学神学部中退。一九九四年に獄中で短歌を始め、所属結社は『アララギ』、『新アララギ』、『玲瓏』と移籍。近代建築や歴史的都市景観の保全にも取り組んでおり、著書に『東西名品 昭和モダン建築案内・新装版』（書肆侃侃房）などがある。オープンリーゲイとしてＢＬ短歌同人誌「共有結晶」創刊に参加。活動分野は多岐にわたり、各所で「伯爵」と呼ばれ親しまれている。

ぬばたま

二〇二〇年六月三〇日　初版第一刷発行

著者　北夙川不可止
装丁　堀内仁美
編集・発行人　岡本千津
発行所　エディション・エフ
https://editionf.jp
京都市中京区油小路通三条下ル一四八
〒六〇四-八二五一
電話　〇七五-七五四-八一四二
印刷・製本　サンケイデザイン株式会社

ISBN 978-4-909819-09-3 Printed in Japan